MUTANTES INCIDENTAIS E OUTROS SERES INESPERADOS

Contos

Alvaro Esteves

Capa: Flavio Brick

Ficha Catalográfica

E79m
    Esteves, Alvaro
    Mutantes incidentais e outros seres inesperados / Alvaro
Esteves
    ISBN: 9798527311235
    1.Ficção brasileira.   I.Título
                                      CDD B869.35

Ao Ricardo Teles Dias Vieira (In memoriam)

Leitor precoce e curioso, um ser humano inesquecível, pra lá de especial, ele foi o primeiro a incentivar este projeto, quando leu as versões preliminares de alguns dos contos.

SOMOS TODOS MUTANTES

Como uma onda
Lulu Santos

Nada do que foi será
De novo do jeito que já foi um dia
Tudo passa, tudo sempre passará
A vida vem em ondas
Como um mar
Num indo e vindo infinito
Tudo que se vê não é
Igual ao que a gente viu há um segundo
Tudo muda o tempo todo no mundo

"Sim, você é um mutante. Não adianta negar repetidas vezes e correr para o espelho em busca de algo errado em seu corpo. Cada um de nós traz ao mundo, ao nascer, pelo menos 60 mutações novinhas em folha"[1]. Algumas não dão em nada, mas outras podem ser a prova de nossa constante evolução – e seleção natural. Isto, fora as mil oportunidades de mutação que a vida moderna e este mundo maluco nos proporcionam a cada dia. Portanto, assuma que você também é um dos nossos. E divirta-se com este livrinho.

Ele não é exatamente um produto da pandemia. Tratam-se de textos quase todos antigos, que resolvi pôr na rua, agora, não sem antes lhes dar alguns polimentos, estes, sim, favorecidos pelas longas quarentenas. Mas o grande efeito da Covid-19 foi a vontade de compartilhar, com você, escritos como estes aqui, que estavam engavetados.

O que há em comum entre os contos? O principal é que não foram escritos para serem levados a sério. Não há preocupação com mensagens edificantes, que ajudem no seu crescimento pessoal, ou ideias para tornar o mundo melhor. Tampouco há pretensões literárias. Nada disso. Seu objetivo é tão somente entreter o leitor, de preferência provocando um leve sorriso, aqui e acolá.

Muitos destes relatos saíram de fragmentos de sonhos, em registros nem sempre inteligíveis, tempos depois. Outros vieram de anotações apressadas, a propósito de algum fato que me chamou a atenção em determinado momento e que receberam um contexto e uma vestimenta distinta mais diante, sabe-se lá porque.

---

[1] https://super.abril.com.br/comportamento/somos-todos-mutantes/

E quem são os personagens centrais? Uma campeã de natação vive circunstâncias limites; um glutão precisando perder peso, encara uma geladeira cheia de guloseimas; uma jovem mulher enfrenta perigosa ameaça durante um assalto; uma pianista e *band leader* é desafiada em meio à estreia de seu grande show; um solitário praticante de asa delta é surpreendido junto à rampa de salto; um dirigente de empresa torna-se obcecado por música; uma mulher entre dois amores cavalga por estranho bosque; e seres humanos perdidamente apaixonados vivem encontros e desencontros, cada um do seu jeito. Há quase sempre a presença do realismo fantástico nos acontecimentos narrados e certa estranheza de alguns protagonistas.

Ah, sim! Em todos os contos há uma palavra, às vezes no singular, eventualmente no plural, cujo significado literal tem a ver com o conjunto destas histórias aqui. Se descobrir, mande me dizer. Se não achar, consulte a tabela no final do livro. Boa leitura!

Alvaro Esteves - outubro de 2021

Sobre Alvaro Esteves

É coautor de dois livros de ficção infantojuvenil, "*D8 Robot and the Red Baloon*", com o neto Daniel Borges, e "As Aventuras de Lucas e o Robô Dragão", com o neto Luca Borges.

É consultor, palestrante e estudioso sobre gestão do tempo, e autor dos livros sobre o tema: "Uma Questão de Tempo" e "Tempo Orgânico". É também coautor de "Gerente- Animador" , com Carlos Gentil Dias Vieira, ganhador do Prêmio Brahma de Administração.

Alvaro é aquariano e passou por diversos universos profissionais, sempre em busca de inovação: marinha de guerra, TI, marketing e publicidade, planejamento estratégico, sustentabilidade corporativa. Tem atuado como executivo, professor e empreendedor, no Rio, São Paulo, Milão (Itália) e Austin (Texas).

Agradecimentos

A Edu Morelembaum, Heloisa Gomes, Júlio Costa, Leticia Carneiro, Osvaldo Bins e Paulo Branco pelas observações feitas a textos quando ainda estavam "em obras".

A Renata Esteves e Marilena Esteves, pela revisão atenta e pela cumplicidade.

Ao artista plástico Flávio Brick, pela capa, pelos pitacos e pelo apoio, sempre criativos.

ÍNDICE

ERA DE AQUARIO

Quem vem pra beira do mar
Dorival Caymmi

Quem vem pra beira do mar, ai
Nunca mais quer voltar, ai
Quem vem pra beira do mar, ai
Nunca mais quer voltar
Andei por andar, andei
E todo caminho deu no mar
Andei pelo mar, andei
Nas águas de dona Janaína
A onda do mar leva
A onda do mar traz
Quem vem pra beira da praia,
meu bem
Não volta nunca mais

Tinha sido mais uma tarde de glória para minha irmã. Priscilla vencera três provas individuais, batera dois recordes e fora a razão principal da vitória da equipe nos revezamentos. Não sem razão, os jornais andavam dando tanto destaque aos seus resultados. Era indiscutivelmente a melhor nadadora do Flamengo de todos os tempos e, no momento, despontava como a esperança da equipe brasileira para as próximas Olimpíadas.

Eu era o seu único irmão. Não nadava, ou melhor, não nadava a ponto de disputar competições. Bem que mamãe e papai queriam, mas ver o desempenho de Priscila na piscina, em vez de me incentivar, me assustava um pouco, eu acho. Preferia jogar futebol, era muito mais divertido. Apesar disso, eu gostava de acompanhar as provas de Priscila e até os treinos, sempre que podia. Ah, e adorava também colecionar peixinhos. Tanto insisti, tanto insisti, que papai tinha até instalado um aquário no meu quarto. Era lindão, com luzes, ambientação natural e oxigenação especial, aquela que solta borbulhas sem parar.

A vida de Priscila tinha se tornado muito dependente do esporte naqueles últimos tempos. Mas o sacrifício compensava, eu sabia disso melhor do que ninguém, pois eu era a pessoa em quem ela mais confiava, apesar da nossa diferença de idade.

– Maninho, não sei te descrever isso, mas deve ser como estar no céu. É muito melhor do que a descrição que o Padre Valentim faz do céu, nas aulas de catecismo.

A sensação de tocar a borda antes das outras era algo que a levava ao êxtase. Tem gente que acha o máximo subir no pódio e receber todos aqueles aplausos. Não era o caso de Priscila, de certa forma até um pouco tímida naqueles momentos. O seu instante de prazer, quase fisiológico, era mesmo dentro d'água, no instante mágico da vitória.

Papai e mamãe faziam muito gosto, é claro. Apesar dos sacrifícios, já que tudo aquilo representava para eles uma carga de trabalho digna de profissionais: alvorada às cinco e meia da madrugada, acompanhar o treino da manhã muitas vezes na friagem, levar para a escola, preparar almoço com alimentação especial, treino da tarde, ajuda nos deveres quase sempre prejudicados pelo cansaço, e jantar cedo, sempre reforçado.

Isto sem falar nas competições, quase sagradas, praticamente em todos os fins de semana. Nas férias, clínicas especiais para aperfeiçoamento de estilo, que consumiam um razoável tempo, não só de preparação, como de análise de resultados e das gravações em vídeo.

Mas para eles, valia a pena. Todo este esforço era mais do que recompensado pela alegria das vitórias, pelas amizades naturalmente feitas com companheiros e companheiras de "religião", pelo orgulho de ver a filha em destaque nos jornais e nas revistas especializadas.

Priscila falava pouco, era muito reservada com todo mundo. Praticamente só conversava com o técnico, o Paulão e, em casa, comigo. Nossos quartos tinham uma porta de comunicação e a gente se visitava sempre. Eu gostava de ficar admirando sua a vitrine de troféus e medalhas e ela gostava de ficar olhando os peixinhos do meu aquário.

– Esses peixes é que levam vida boa, você não acha, maninho?
– Você nada melhor do que eles, Pri. Quando eu crescer, vou fazer um aquário só para você brincar dentro dele, sempre que der vontade.

Isso de não falar muito chegou a preocupar papai e mamãe, certa época. Mas foram tranquilizados pela psicóloga da escola, que garantiu ser aquilo próprio da idade e da personalidade da menina. E o que a menina gostava, de verdade, era de estar na água. Ali, ela sorria, brincava com as colegas, chegava até a contar piadas. E, em dia de competição, ao dar seu toque vencedor na borda, seu rosto se transfigurava. Era a verdadeira face da felicidade.

Quem viu pela primeira vez o que estava acontecendo fui justamente eu, naquela tarde gloriosa de domingo. Coisa de criança, involuntariamente, à la "O rei está nu".

– Mãe, a Pri tá com barba no braço.

E estava mesmo. E não era debaixo do braço, não. Era na parte de fora. Nos primeiros dias, ninguém chegou a ficar assustado com aquilo. O médico da família disse que devia ser algum distúrbio hormonal, passível de acontecer na fase de pré-adolescência. Mas a coisa não ficou nisso. Duas semanas depois, a penugem já fazia uma consistente linha, desde os ombros até os cotovelos e daí até, inicio das mãos. E o que é pior, algo semelhante estava começando a se esboçar no meio das costas, acompanhando a coluna, como um prolongamento dos cabelos, aderindo a pele, da nuca ao meio das nádegas.

Os médicos (sim, agora uma verdadeira junta médica havia se formado) estavam entre perplexos e preocupados, mas incapazes de encontrar algo que, pelo menos, interrompesse o processo que evoluía a cada dia. Depilação e raspagem só tinham feito o fenômeno voltar com maior intensidade. O clima em casa, como se pode imaginar, andava horrível. Não tanto por Priscila, que parecia não estar se importando muito com o fato. Na verdade, este era um dos motivos dos aborrecimentos, pois a Pri insistia em continuar seus treinamentos, e papai e mamãe estavam começando a ficar com certa vergonha daquela situação.

– Maninho. Tô nem aí. Eu quero é treinar. Já imaginou sua irmã disputando as olimpíadas? Sua Pri lá no meio de todas aquelas americanas, aquelas asiáticas, aquelas europeias com mãos enormes. Já imaginou isso?

Quando vestida, o problema não chamava a atenção de ninguém. Mas de maiô, o fenômeno começava a provocar brincadeiras das colegas e muito ti-ti-ti das mães nas arquibancadas, apesar da água oxigenada e da maquiagem aplicadas com tanto cuidado pela mamãe. Priscila, indiferente, continuava baixando os seus tempos de forma espetacular, mostrando um renovado prazer sempre que estava na água.

Quem diagnosticou a "doença" (de maneira violenta, mal educada e com grande repercussão nos círculos ligados a natação) foi o médico da equipe do Esporte Clube Pinheiros, durante a realização do Campeonato Brasileiro.

– O que essa menina tem no corpo são barbatanas em formação e isto é antiesportivo, e irregular. Esta menina não pode estar competindo com outras nadadoras normais, acusava ele, requerendo a anulação das provas.

Foi um choque para a família e um verdadeiro escândalo, felizmente restrito ao meio esportivo e a seções especializadas de alguns poucos jornais. Falou-se até de estarem sendo utilizados, de forma inescrupulosa, alguns remédios e anabolizantes inventados por russos ou coreanos. Mas os exames antidoping não acusavam nada no organismo da Priscila. Aconselhados por um advogado amigo da família, aproveitamos que era período de férias e desaparecemos todos nós do Rio por umas semanas.

Naquele período passado na serra, com muita tristeza, papai e mamãe decidiram interromper os treinamentos oficiais da Priscila até que os médicos encontrassem uma solução para aquilo. Resolveram, também, mudar-se do apartamento em que morávamos para uma casa com piscina, num bairro mais distante.

Isto aplacaria a imensa tristeza da minha irmã com a notícia de que não iria mais treinar e certamente ajudaria a afastar os curiosos e inconvenientes. Se por um lado a mudança, de fato, resolveu a questão da privacidade da família, o passar dos dias só fez aumentar ainda mais a angústia que tomava conta de papai e mamãe. As tais barbatanas continuavam crescendo (já pareciam, de fato, barbatanas de verdade) e a pele de Priscilla, até então lisa e bonita como um pêssego, começou a ficar estranhamente manchada e irregular, como se uma textura estivesse se formando.

Pri, por sua vez, ficava a maior parte do tempo na piscina, não querendo saber de outra coisa na vida e não demonstrando qualquer sintoma de aborrecimento pelo que estava ocorrendo com ela. Sua distração, quando não estava nadando, era jogar água nas borboletas que apareciam por perto.

– Mano, isso passa logo. Essa gente tá se preocupando à toa. E depois, o que é que tem? Se eu virasse uma sereia, até que seria legal, você não acha?

Algumas semanas depois, entretanto, todos deixamos de ter dúvidas. As escamas tomavam conta da superfície do corpo quase por completo e as coxas já estavam se unindo uma a outra de maneira irreversível. Era uma incrível cauda que se formava. Priscila se recusava a falar no assunto e a tarefa dos médicos se transformara em missão impossível. Assistiam àquilo completamente bestificados. E impotentes.

É claro que neste meio tempo, papai e mamãe, sem perder a esperança, tinham tentado de tudo, justiça seja feita. Muitas especialidades médicas foram consultadas, de endocrinologistas buscando, em vão, identificar distúrbios hormonais a cirurgiões renomados no uso de raio lazer e especialistas em medicina esportiva. Até médicos cubanos e eslovacos foram envolvidos. Depois, teve a fase dos biólogos, zoólogos e veterinários, com intermináveis e inconclusivos debates em torno do seu DNA. E, é claro, quase todas as formas nada ortodoxas de tratamento e de reza foram experimentadas. Foi tanta coisa que não consigo nem me lembrar de tudo. Ouviram pacientemente a cada um e seguiram com fervor a maior parte das receitas, recomendações, conselhos e práticas. Nada funcionou. Em compensação, o assunto vazou. Já havia gente demais envolvida naquilo.

No mês em que a TV Globo conseguiu furar o bloqueio de discrição que havia sido estabelecido pela família, já dava para concluir que Priscila não estava se transformando numa sereia, não. Infelizmente. Estava mesmo virando um peixe, com os braços ganhando a forma de nadadeiras e as escamas chegando ao pescoço, cada dia mais largo. E para falar a verdade, um peixe mal-humorado com todo aquele movimento. Fora das competições e com treinamento restrito, aquela antiga placidez do seu caráter estava se transformando em emoções pouco amistosas.

Tanto que as suas últimas palavras de Priscila em público, pronunciadas na presença do Dr. Drauzio Varela e a equipe do Fantástico, não foram, na realidade, palavras, e sim palavrões. Daqueles brabos, que ela não costumava falar quase nunca. Isto, antes de mergulhar na piscina com raiva, provocando brados de admiração em quem estava presente e proporcionando um dos maiores picos de audiência no programa. Naquela noite de domingo, o Ibope foi recorde, até hoje não superado, tantos anos depois.

Priscilla, enquanto virava assunto favorito das conversas de segunda-feira pela manhã em 90% dos escritórios e salões de cabeleireiros em todo o país, assumiu definitivamente o caráter e a forma de um (belo) peixão e nunca mais saiu d'água. Seu rosto continuou mantendo as feições da menina bonita que sempre fora, mas este era o único traço que lembrava um ser humano.

Eu continuava sendo seu interlocutor favorito, apesar de estar falando muito pouco, em meio a tantas movimentações. Nunca deixou de compartilhar comigo suas inquietações, e frustrações.

– Maninho, não é que seu esteja mal assim deste jeito que fiquei, não tenho dores, nem sintomas estranhos. E é cada vez melhor estar na água! Mas acho que, no fundo, gostaria que fosse diferente, que fosse menos complicado. Seria tão bom se as pessoas pudessem me aceitar como eu sou.

Papai e mamãe, inconsoláveis, tristes e muito confusos com o rumo daquela situação, acabaram decidindo, à revelia de Priscila, realizar tardiamente aquele que tinha sido um dos seus grandes desejos. Levá-la à Disneyworld, atendendo ao convite – e patrocínio (que tiraria o casal da situação de completa insolvência que a "doença" da menina lhe impusera) – de importante indústria norte-americana de material esportivo.

Não obstante os protestos da Sociedade Brasileira Protetora dos Animais, Priscila desembarcou na Flórida – num voo especial – debaixo de uma das maiores repercussões de imprensa, algo jamais conseguido por qualquer outro atleta brasileiro.

Mas, apesar de ter estado tão próxima, minha irmã acabou nunca chegando a Orlando, por incrível que pareça. Como parte do esquema promocional programado, um criativo produtor da TV americana inventara uma tarde de Priscila no *Seaquarium* de Miami, pretexto para a ex-nadadora contracenar com alguns dos maiores astros do mundo aquático dos Estados Unidos: os golfinhos amestrados e a orca, a baleia-assassina.

O dia estava lindo e fazia calor. A multidão se aglomerava à entrada, com certo *frisson*. Os ingressos tinham se esgotado há vários dias, mas muita gente foi para a porta, na esperança de ver a grande atração passar, ou algo do gênero. Não sabiam que Pri tinha chegado bem antes, direto para o tanque especialmente construído para ela. Tanto fora do prédio como dentro, junto às arquibancadas do *Seaquarium*, havia diversos quiosques vendendo produtos com a marca *Fishgirl*, que uma empresa de licenciamento de marcas havia criado, com aprovação dos meus pais. As pessoas faziam fila para comprá-los.

O show começou com quinze minutos de atraso e tudo corria normalmente, com os números tradicionais. Focas, leões marinhos e alguns golfinhos faziam a festa do público.

Perto dali, sentado há horas junto à borda do seu tanque, vi quando Priscila se aproximou do lado onde eu estava. Ela me dirigiu um olhar intenso, como se estivesse sorrindo e até hoje suas palavras soam em minha cabeça, com aquele estranho som gutural com que foram pronunciadas:

– Mano, não precisa mais se preocupar com aquele aquário que você me prometeu.

E imediatamente nadou em direção à passagem que se comunicava com o tanque principal.

Priscila deu seu primeiro salto, logo após o discurso de apresentação feito pelo emocionado prefeito de Miami. Assim que ela mergulhou, de maneira absolutamente inexplicável, o nível da água do enorme tanque, começou a subir. E subindo, subindo, a água foi chegando às arquibancadas, arrastando em seu caminho tudo que encontrava: turistas, apetrechos, jornalistas, câmeras fotográficas, curiosos, equipamentos de TV, atletas, *hot-dogs*, autoridades, máquinas automáticas de Coca-Cola, políticos brasileiros querendo aparecer, hambúrgueres, crianças, mafiosos, a "fauna" de *Ocean Drive*, japoneses, refugiados cubanos aposentados e todos os produtos *Fishgirl*.

A enorme onda que se formou no *Seaquarium* só deixou de crescer quando encontrou as águas da baia de *Biscayne*, onde tudo aquilo foi despejado. Dezenas de feridos e alguns desaparecidos foram registrados com horror pela imprensa mundial. Todos os animais em cativeiro do *Seaquarium* fugiram para sempre.

Eu, papai e mamãe fomos salvos por uma lancha, já perto de *Forth Lauderdale*, 25 milhas ao norte. Eu não vi nada, estava desmaiado. A tripulação jura que a família foi trazida por um grande peixe, acompanhado de meia dúzia de golfinhos. Que desapareceram no mar, logo em seguida, nadando alegremente em direção ao poente.

AMIGO URSO

Comida
Titãs

Bebida é água
Comida é pasto
Você tem sede de quê?
Você tem fome de quê?

A gente não quer só comida
A gente quer comida, diversão e arte
A gente não quer só comida
A gente quer saída para qualquer parte

– Assim não dá, Murilo! Assaltando a geladeira desta maneira, você não vai conseguir emagrecer nunca.

Sílvia me dizia mais ou menos isto, como um misto de carinhosa repreensão e inconformada ironia, pelo menos três vezes por semana. Mas, naquela noite, percebi, ela tinha procurado realmente ser um pouco mais enfática do que de costume. E ela tinha razão. Estava mesmo exagerando nos assaltos. Além disso, Sílvia andara lendo alguns estudos sobre obesidade no Brasil que a deixaram um pouco alarmada. Quando eram dados dos Estados Unidos ela não levava tanto em conta.

- Aqueles gringos comem ovos com bacon profissionalmente e a realidade de lá não serve de parâmetro para a gente - justificava ela com ares de grande especialista.

Agora, a coisa tinha mudado.

- Mas, Júlio, meu amor, está comprovado que aqui no Brasil, alguém com o seu peso e os seus hábitos – e na sua idade – não vai muito longe, não. Dá uma olhada nisso - comentou ela, me passando o artigo que tinha lido naquele dia.

Eu, meio sobre o bonachão, ria suavemente e fazia planos sinceros para evitar a caminhada até a cozinha, madrugada adentro. Mas Sílvia tinha "pegado pesado" daquela vez. O comentário sobre idade, me tocara fundo. Magoou. Andava me sentindo mesmo uma baleia e tinha a sensação de que estava ficando horroroso, especialmente com a careca que se aprofundara bastante nesses últimos meses. Ela prosseguiu:

– Combinei com a nova empregada, Maria José, e começamos hoje um novo estilo de alimentação aqui em casa: nada de carnes vermelhas; muita salada, muita verdura, muita fruta, gorduras só as boas, castanhas. E grãos. Ela fez o mercado hoje com a lista que passei e já deixou bastante coisa preparada. O jantar vai ser uma sopa de legumes e peito de frango com couve flor!!

– E presta atenção, Murilo. O jantar vegetariano de amanhã, com os Vieiras, está na geladeira, prontinho! Nem pense em mexer nele.

– Tá bom, tá bem... Mas jantar vegetariano, amor? A gente podia fazer uma transiçãozinha, né! Acho que amanhã vou mesmo é fazer jejum !!!

Antes das dez, mais uma vez, fui me deitar antes de completar direito a digestão. Era sempre assim, nos dias de audiência no Fórum. Chegava sempre mais tarde do escritório e morto de cansaço. Jantava e depois, controle remoto na mão, recostado sobre a pilha de travesseiros, pilotava a viagem sempre irrequieta e frustrante pela *Netflix* ou os canais da Net, na TV do quarto.

Enquanto eu zapeava de menu em menu, sem prestar muita atenção, conversamos, por alto (eu com alguma má vontade) sobre o convite para uma festa da família, em São Paulo, que havíamos recebido mais cedo.

– Amor, é uma ótima chance da gente rever nossos amigos paulistas. Selma me disse que estarão todos lá. Seu primo está convidando todo mundo, você sabe como ele faz nessas festas.

Mas, antes de tomarmos uma decisão final sobre ir ou não ir, sobre onde deixar as crianças, o que fazer com o peixinho da sala, e mil outros detalhes que foram surgindo na conversa, acabei pegando no sono. Devia estar roncando escandalosamente, mas sei que Sílvia não se deixava mais abater com isso. Escolada, usava uma técnica infalível para dormir: imaginar mudanças radicais na decoração da casa, ainda que nunca as realizasse de fato. Naquela noite, deve ter adormecido idealizando o estampado de borboletas do papel de parede para o quarto das meninas, que mencionara antes do jantar.

Quando despertei, meio suado, era alta madrugada. Além da luz do abajur estar acesa – Silvia não era de fazer isso – havia algo de inusitado acontecendo também na cozinha. Pensei em virar para o lado e voltar a dormir, mas o ruído era suficientemente alto para me sentir ridículo com aquela hipótese.

E a obrigação de levantar era minha, é claro. Nessas horas, a gente constata os inconvenientes da formação machista, ano após ano nos massacrando. Vejam só, sequer chamei Sílvia, com receio de um escândalo que ela por certo faria e que eu, sinceramente, esperava não ser necessário.

No corredor, quase faço escândalo eu mesmo. O ruído e a luminosidade não deixavam margem a dúvidas. Tinha alguém mexendo na... geladeira. Para me controlar, rapidamente fiz um inventário mental de quem tinha a chave lá de casa. Entrei na cozinha rezando para que fosse a diarista que tivesse errado o dia da faxina, ou quem sabe, minha sogra, em mais uma de suas esquisitices, mexendo no que não devia.

Mas não era nada disso. Quase desmaiei ao ver o urso. Isso mesmo, um urso. Um urso do sol, preto, raríssimo, só existia no sudeste asiático, vira semana passada num programa da *National Geographic*. Onde é que o cara teria arranjado aquela pele para se fantasiar?

Ele estava em frente à geladeira aberta, dando uma colherada numa mousse de pepino. Com o ruído da porta da cozinha se abrindo, ele virou aquela enorme cabeça na minha direção e eu recuei uns passos, sem saber o que fazer. Estava me borrando de medo. Num gesto reflexo, acionei o interruptor e acendi a luz. Agora no claro, vi que o traje estava muito bem-feito. Parecia um urso de verdade.

Mas o que se seguiu voltou a me inquietar muito. Com o olhar na minha direção, o, digamos, animal, me saudou com uma voz meio cavernosa, mas, confesso, simpática e bem-humorada:

– Oi! Pelo visto, acordei você. Desculpe, eu bem que quis tomar cuidado, mas a sua geladeira é cheia de macetes, um monte de potes, travessas e *tuppperware*. É impossível descobrir o que tem dentro sem ir abrindo as tampas. Mas não precisa ficar com esta cara tão assustada. Entra aí. Eu não mordo, não.

Ofegando muito, respirei bem fundo para ver se me controlava. Só pensava que aquele pesadelo estava verdadeiro demais e tudo que eu queria era que ele acabasse logo.

Mas ele não acabou e acabei eu dando mais um passinho adiante. Resolvi encarar. O visitante estava bem no caminho do interfone e não dava para avisar o porteiro; e se fosse até o quarto pegar o celular pra chamar a polícia, a Sandra poderia acordar, e aí seria pior. Tinha que lidar com aquilo eu mesmo, ainda que gaguejante.

– Ah, bom , sa-sabe, hum, tu-tudo bem, mas você há de convir que não é comum acordar no meio da-da noite com alguém fantasiado de urso dentro de casa. E muito menos as-assaltando a geladeira.

– Êpa! Peraí! Também não precisa ofender. Não estou assaltando merda nenhuma, me desculpe a expressão. Você é quem não devia estar fazendo questão das coisas. Egoísta!!! E que história é essa de fantasia. Qual é!

– Calma, calma! Não é esse o problema! Não estou fazendo questão de nada. Estou apenas um pouco surpreso com isso tudo.

Naquele momento, sem perceber, eu já entrara na cozinha e havia me posicionado a uma distância, digamos, regulamentar do estranho animal. Eu estava ainda muito assustado, mas agora me sentia um pouco mais seguro com a situação, mesmo percebendo que não se tratava de fantasia comum. Parecia algo produzido pela equipe de efeitos especiais de algum filme. E ele voltou a me surpreender.

– Sente-se, não tenha medo. Afinal, pelo visto, a casa é sua, mesmo.

Recostei-me na pia, de olho no conjunto de facas ainda fora do meu alcance, na bancada mais próxima. Estava ainda vivendo um misto de ansiedade, perplexidade e admiração com a maneira natural com que aquela conversa agora prosseguia na madrugada.

Agora mais perto, aos poucos ia realizando que poderia mesmo se tratar de um urso de verdade. Um urso anão, talvez, pois era um pouco mais baixo do que eu. Ele não tinha cara de bebê urso. Que era domesticado e adestrado, já não tinha dúvidas. Mas como podia um urso falar, cacete? A boa notícia é que não parecia um desses assaltantes violentos e perigosos. Menos mal.

Sem perder a serenidade, o cara, isto é, o animal, foi retomando o assunto, como quem não quer nada:

– Se você não se importar, vou tirar uns potes da geladeira para entender melhor o que posso provar, tá bom? Eu não estou com muita fome e, a esta hora, não costumo comer muito, mesmo. Só queria dar uma beliscadinha em algo gostosinho.

Naquele ponto, achei melhor não contrariar o visitante e entrar no jogo, mesmo sem compreender direito tudo que estava acontecendo. E, cá entre nós, aquele estresse todo tinha me dado uma fome danada. Resolvi me sentar e relaxar, enquanto ele ia tirando a comida da geladeira e colocando sobre a mesa.

E aí, me dei conta que a Maria José tinha preparado uma verdadeira festa de *Babette*. Lembrei-me, sim, que eram para o jantar com os Vieiras, mas, quer saber, amanhã a gente lida com isso. Assim, eu e meu novo amigo fomos descobrindo o que estava em cada recipiente e começamos a degustar. Pra minha surpresa, cada um dos pratos era mais gostoso do que o outro. Tudo uma delícia! E nem parecia vegetariano, caramba!

Abobrinha recheada com quinoa, risoto de cogumelos, quibe assado de lentilhas, ovos com espinafre ao forno, tofu ao molho de amêndoas com arroz selvagem, bolinhos de arroz integral com brócolis, lasanha de berinjela.

O visitante também se lambuzou com tudo. Literalmente. Os olhos chegavam a brilhar.

– Não sei como você fazem essas combinações esdrúxulas darem tão certo – comentou o visitante, enquanto matava o último bolinho de arroz.

– Também não sei, não. Coisa da cozinheira nova querendo se mostrar. Está tudo uma maravilha – concordei.

A cozinha estava uma bagunça, com as travessas empilhadas e sujas por toda a parte. Fora o chão, todo respingado e cheio de restos vegetarianos. O visitante comia com as mãos e não usava prato.

– Sabe o que eu queria mesmo? – perguntou de repente o urso. E foi ele próprio dando a resposta:

– Umas boas colheradas de mel. Mas olhei tudo por aí ainda há pouco e não encontrei nem sinal

Tive então uma ideia genial, digna do bom moleque que eu tanto lamentava ter deixado de ser, ao longo de anos e anos de caretice que a gente assume na vida.

– Meu amigo, o mel acabou, Sílvia não compra faz muito tempo. Diz que tem muita glicose. Mas não tem problema não. Vamos pedir aos vizinhos. Esse pessoal vive enchendo o saco pegando emprestado açúcar, ovo, sabão em pó, sal, farinha, enfim tudo que parece faltar por lá o tempo todo. Nunca devolvem! Hoje chegou a minha vez. Afinal, não é todo dia que se tem a visita de um comedor de mel tão ilustre.

– Além disso, mel, eu tenho a certeza de que não falta lá. Não cansam de nos oferecer – para comprar, é claro – o produto feito no sítio de um parente deles em Friburgo. Você espera aí um instante que eu já volto.

O vizinho ficou de péssimo humor quando abriu a porta assustado e ouviu o meu pedido, no meio da madrugada. Achou de muito mau gosto a história de que o mel era para um amigo-urso. E entregou um vidro, com menos da metade. Muito mais para se livrar logo daquela situação ridícula do que com espírito de retribuir os muitos favores que nos devia.

Morrendo de rir da cara do vizinho, voltei ao apartamento feliz com a minha pequena vingança, mas ao fechar a porta, surpreendi-me com o tom da voz de Sílvia, atônita:

– Que é isso, amor? Uma hora dessas horas e você pedindo coisa ao vizinho? Eu acordei com o barulho da porta batendo e ouvi a sua conversa com ele. Que história é esta de urso, amor?

– Me dê a mão e vem cá comigo até a cozinha. Mas não se assuste, pelo amor de Deus. Ele é do bem!

Na cozinha não encontrei mais meu colega glutão. Coloquei o mel sobre a mesa e percorri rapidamente os cômodos da casa. Sílvia atrás de mim, só me repetia:

- O que é que está havendo aqui Murilo Almeida, me explica isso tudo, pelo amor de Deu! Que caos é esse aqui nesta cozinha!!!

(quando ela me chamava pelo nome e sobrenome era porque a coisa estava muito feia pro meu lado)

Liguei para a portaria. Nenhum vestígio. Pedi para darem uma checada nas gravações das câmeras de segurança. Nada. Fiquei confuso e desolado, enquanto Sílvia estava cada vez mais perturbada.

– Amor, para com isso! O que esses porteiros vão pensar? Que você não está batendo bem!

E repetia:

– Você comeu aquela comida toda! Que barbaridade!!! – Até que começou a chorar.

Eu estava confuso, devo reconhecer. Sílvia foi acalmando o pranto aos poucos, ouvindo meu relato com atenção. Ao final, me abraçou carinhosamente.

– Amor, se você viu ou não viu o tal urso, pra mim está tudo bem. Não se preocupe com isso, não. Porque a gente não aproveita e faz um leite morno com mel pra mim? Leite desnatado. E um chazinho de erva cidreira para você, tá bem? Assim, a gente relaxa volta a dormir com mais serenidade. A gente tá precisando.

– Amanhã damos um jeito na cozinha, tá bom?

E assim foi. Dormi em paz aquele resto de noite. Logo no dia seguinte, comecei um regime bastante austero, que o doutor Camargo já havia me receitado há tempos. Virei vegetariano e estou considerando seriamente em me tornar vegano. Perdi treze quilos em quatro meses. Nunca mais acordei de madrugada para ir a cozinha, visitar a geladeira.

Depois de uns meses, Sílvia me confessou que, na faxina do dia seguinte daquele episódio, tinha encontrado uns pelos de cor muito escura, no chão da cozinha. Disse que não tinha contado nada para não me deixar estressado.

Pedi a uma amiga nossa, que tem uma agência de viagens, para organizar um roteiro pelo sudeste asiático, no ano que vem. Quem sabe em uma daquelas florestas tropicais de lá eu encontro algum parente daquele urso amigo? Ou, quem sabe, ele próprio.

Tempos depois

Murilo teve uma recaída e continua obeso, mas segue na sua vidinha. Ainda não fez a tal viagem pra a Ásia. Sílvia agora dá aulas de comida vegana em um canal de *youtube*, junto com Maria José. Tem dez mil seguidores. Recentemente, o noticiário registrou a presença de um urso asiático no quintal da mansão de um deputado federal, no Lago Sul em Brasília. A segurança dos três poderes foi reforçada, com a criação do cargo de Especialista em Ursos Selvagens. Salário inicial: R$ 11.800,00.

O DUELO

Odara
Caetano Veloso

Deixa eu dançar pro meu corpo ficar odara
Minha cara minha cuca ficar odara
Deixa eu cantar que é pro mundo ficar odara
Pra ficar tudo jóia rara
Qualquer coisa que se sonhara
Canto e danço que dara.

– Chovia muito quando cheguei ao *Henry's* naquela noite. Na porta dos fundos, encontrei com Mário e Edson, ensopados e mal-humorados. Com justa razão. Só de correr do taxi até ali na porta, sem guarda-chuva, já tinha dado para encharcá-los.

– Vocês estão umas gracinhas, molhadinhos assim. E tem mais, esta água toda deve ter descarregado todos os fluidos ruins que por acaso ainda estivessem aí com vocês.

– E pensem bem que sorte: os instrumentos já estão no palco, devidamente posicionados. Agora é só chegar, secar e... tocar.

Depois de beijá-los, peguei os dois pelos braços, um de cada lado e comandei:

– Vamos entrar no prédio, juntos, com o pé direito. Atenção, um, dois e...já!

Depois de tantos anos de estrada, ora lutando para gravar um CD, às vezes tocando em bares das mais discutíveis categorias, estar ali, agora, no *Henry's* tinha um significado muito especial. Era a grande chance de me firmar de vez.

A vida de músico, todo mundo sabe, não é nada fácil. Mulher, então, nem se fala. Agora, imagina uma mulher compositora, arranjadora, pianista, cantora, líder de banda. Essa sou eu, brigando para achar o caminho, ouvindo "não" sem se intimidar, lutando para vencer.

Depois de tanta batalha, agora tudo parecia caminhar direito. A banda só tinha fera, estavam completamente entrosados e o astral do grupo, altíssimo. Além do Mario no baixo e o Edson na bateria, integrantes do meu trio há séculos, para o show, havíamos adicionado o saxofone do Sérgio e a percussão do Lucas. Uma beleza!!

– Não vai ser uma chuva qualquer que vai atrapalhar a MINHA grande noite – pensei em voz alta, ao entrar no camarim.

Era um camarim digno de grandes estrelas, diga-se de passagem. Henrique construíra todos os detalhes do *Henry´s* com planos nada modestos. *Think Big* tinha sempre sido seu lema. Sonhara com grandes atrações internacionais. E o sonho não ficou no papel. Misto de clube noturno e casa de shows, era o endereço certo para as grandes estrelas da música, de qualquer país.

Às vezes, gostava de arriscar. E aquele show era uma dessas suas pequenas extravagâncias. É claro que ele tinha alguma ideia do meu trabalho. Era do ramo. Mas acho que sua decisão foi mesmo naquele feriado em que nos encontramos na casa do Miguel, em Araras. Depois do jantar, acabamos indo para o piano. Lá pelas tantas, o Henrique falou, com sua voz mansa e meio arrastada nos erres:

– Aninha, minha flor. Acho que você achou o caminho das pedras, com este seu som. Só você sabe fazer isso aí. Você tem que tocar no Henry´s ainda este ano. Vamos conversar sobre isso na semana que vem?

Era sua maneira segura e intuitiva de decidir. Além de suas corajosas produções, que tinham feito a fama da casa, já tinha demostrado diversas vezes sua capacidade de identificar à primeira vista o que pode ser um grande sucesso, amanhã. Só rezo a Deus para que ele tenha acertado comigo também.

Henrique não economizara na produção e na publicidade do espetáculo. Cenografia, iluminação, som, guarda-roupa, direção, tudo de primeira linha. Tinha também dedicado muita atenção à promoção da imagem da "nova" estrela, ele próprio ligando para os colunistas, socialites e emergentes. Ao entrar no camarim, falava como quem não tinha mais dúvidas de que o sucesso da noite estava garantido.

– Minha querida, o Rio de Janeiro inteiro veio lhe ouvir. A casa está cheia, com esta chuva e tudo. Vai ter gente saindo pelo ladrão, pode crer! – E emendou.

– E não é nenhuma gentinha, não, senhora. Está aí todo mundo que conta, tanto da crítica como da sociedade. É a glória, Ana, é a glória, disse, beijando minhas mãos com um ar levemente afetado.

Já acabara de me vestir e acompanhava os últimos retoques da maquiadora com um quê de nervosismo. Tinha medo de ficar ridícula, excessivamente pintada. Nem dei muita atenção a seus últimos comentários.

– Estou voltando correndo para o salão, porque tem muita gente aí para ser badalada. Te vejo logo depois do show, OK!. Mandei preparar um jantar especial para comemorarmos o sucesso da estreia. O novo secretário de turismo e o cônsul inglês vão estar na mesa conosco – comentou Henrique, dando ele próprio um último retoque no meu cabelo, antes de sair. Ao fechar a porta, deixou só a cara aparecendo e gritou *break your leg,* a expressão de boa sorte do *showbusiness* americano.

Vi pela janela que a chuva tinha passado e dei uma última olhada no espelho. Achei engraçado o quadro com uma coleção de borboletas numa das paredes, que não tinha notado quando entrara no camarim. Peguei as folhas com as cópias do roteiro (reparei que as mãos tremiam um pouco) e fui encontrar com o resto da banda, que já estava se posicionando no palco.

Havia alguma agitação e certo nervosismo por ali. Mas estavam todos quase a postos. Repassei alguns pontos com o diretor do show e beijei sem pressa cada um dos músicos. Eles retribuíram, cada um do seu jeito.

– Fofinha. Você está um luxo!
– Poderosa!
– Beleza pura! Hoje ninguém segura essa mulher
– Que você vai fazer depois do show, gatinha?

Nos demos as mãos no centro do palco e não me ocorreu dizer mais nada que o tradicional *merde*. Sentei-me ao piano, chequei os teclados e o sintetizador que utilizaria durante a apresentação e percorri com um sorriso o rosto de todos os componentes da banda.

Tomei mais um gole do uisquinho que trouxera do camarim, levantei o polegar da mão direita para o contrarregra e fechei os olhos me concentrando. Não posso precisar exatamente quanto tempo transcorreu até que ouvi a voz do locutor em *off,* com a gravação do texto de abertura do espetáculo.

– Senhoras e senhores. O *Henry's* tem a satisfação e a honra de apresentar a grande revelação da música brasileira contemporânea. Formada na *Berklee College of Music,* em Boston, tecladista, compositora e arranjadora reconhecida internacionalmente, conseguiu encontrar desde cedo o que todos perseguem e muito poucos conseguem: o seu próprio som. E o balanço da sua voz privilegiada tem sensibilizado plateias de todas as idades. Com vocês, o talento e a energia de... Ana Vidal

Os refletores acendendo no palco são a deixa para a minha contagem.

– Um, dois, três, quatro. E a banda ataca o tema de abertura, enquanto as cortinas se abrem lentamente e os aplausos de boas-vindas surgem, simpáticos e acolhedores.

Sentia-me finalmente calma. A qualidade do som era excepcional e meus dedos percorriam os teclados com desenvoltura. E esta segurança estava refletida no desempenho da banda. Valera a pena tanto ensaio! O público já começava a reagir. O primeiro número foi aplaudidíssimo. O segundo mais ainda. No terceiro, cheguei a escutar alguns assovios e "urrus".

Pensando bem, vinha me preparando para aquilo com muita disciplina, e acho que tinha mesmo algum talento e carisma. Além de sorte, é claro. Dali do palco reconhecia algumas faces, parte de um pequeno porém fiel grupo de admiradores que fazia questão de me prestigiar toda vez que me apresentava.

Esperei sorrindo terminarem os aplausos ao último tema instrumental e ajustei o microfone próximo à boca. Com a voz compassada, disse o texto ensaiado para aquele momento, contando histórias engraçadas do início da carreira, tocando em churrascarias e em bailecos nos clubes do interior. Estava morrendo de medo de ninguém rir das piadas mas a resposta do público foi superacolhedora. O *Henry's* estava numa grande noite.

Comecei então o texto que servia de entrada para a próxima parte do espetáculo, enquanto tocava os compassos iniciais de *As time goes by*.

– Vocês sabem que eu fui educada na noite. Foi ai que aprendi a compartilhar minha música com todos, especialmente os anônimos e desconhecidos. Aprendi a ouvir, e a entender o que toca a emoção das pessoas. Aprendi a tocar de tudo, sem preconceitos, a ver a beleza que qualquer canção tem ao ser lembrada e desejada.

Aquela minha versão do tema do filme Casablanca tinha uma harmonia sofisticadíssima, combinada com uma improvisação usando a voz como se fosse um instrumento musical, que geralmente levava ao êxtase os aficionados por jazz. Era uma boa solução para gratificar tanto o público em geral e os meus seguidores mais exigentes.

Foi no justo momento em que acabava o improviso e retomava o tema central que notei o casal, em meio a luz difusa dos refletores.

Ele tinha um topete – grisalho – herdado quem sabe dos tempos do *Elvis Presley*, e estava todo de branco. Sob a camisa com os dois botões superiores abertos, brilhava um cordão de ouro com elos enormes, que parecia ter sido comprado junto com a fivela do cinto, dourada, imensa e de indiscutível mau gosto. Tudo combinando com uma calça de boca larga, e um sapato também branco de bico fino, cujo brilho, difícil de explicar, era muito intenso.

Ela não ficava atrás. O vestido verde de alcinha, feito de cetim, deixava os joelhos levemente à mostra e combinava com o tecido dos sapatos. Usava muitas joias. Muitas. Nos dedos, nos pulsos, nas orelhas. Tinha joia até nos cabelos, armados para cima com uma overdose de laquê, lembrando vagamente um formigueiro de saúvas.

Mas isto não teria a menor importância se não fosse um detalhe. O casal...dançava. Isto mesmo. Dançava em pleno show, como se estivesse em um baile de debutantes, na pequena pista junto ao palco, que era o território dos DJs, após os shows.

Pior: eu odeio gente dançando nos meus shows. Aconteceu mais de uma vez, e eu sempre parava de tocar. É algo que me sobe à cabeça, sei lá, foge completamente ao meu controle. Mas ali era diferente, era minha grande noite. Tinha que saber como lidar com aquilo.

– Sentaí! gritou um frequentador, no bar.

– Absurdo! Está atrapalhando a visão do palco, reclamou uma senhora numa mesa de pista, certamente influenciada pelos sons de reprovação que, por um momento, pipocou no salão. Ainda bem que tinha aliados.

Fiquei de olho no Henrique, que já falara com o chefe da segurança, e que agora fazia discretamente sinais para mim, balançando as mãos, com as palmas viradas para baixo, e pronunciando um exagerado "cal-ma" com a boca, mas sem emitir qualquer som.

Sorri resignada. Precisava identificar a raiz do problema. E fiquei matutando. Talvez fosse seu aniversário de casamento, ou algo do gênero, não tinham resistido a dançar, imaginando a noite em algum motel no caminho da volta pra casa.

Já com a banda voltando a me acompanhar, depois do solo, fechamos o número com uma linda sequência de acordes, o que levou a audiência a um quase a um delírio.

Enquanto os aplausos ainda ecoavam, virei o rosto em direção à banda e reveli a ela a arma da minha estratégia.

– Brasileirinho!

A música não estava no roteiro do show, mas fazia parte do nosso repertório. É um chorinho clássico, que até hoje é desafio para instrumentistas e cantores, especialmente quando o andamento é acelerado. E a letra ainda trazia uma ironia àquela situação que havia se instalado no *Henry's*.

"O brasileiro quando é de choro
É entusiasmado quando cai no samba
Não fica abafado e é um desacato
Quando chega no salão"

Mas a nossa versão, ali, era a instrumental. Cá entre nós, nunca me atrevi a seguir o exemplo da Ademilde Fonseca ou da Baby Consuelo, grandes intérpretes deste clássico.

Começamos num andamento gingado, compassado, e fomos aos poucos acelerando o ritmo. O casal, firme. Ele, com o cotovelo esquerdo mais relaxado, tinha a mão direita da sua dama firmemente segura, junto ao peito. Faziam pequenos passos, sincopados, sem se afastar muito do centro da pista. Dançavam com segurança, ajustando os gestos ao andamento da música e sorriam. Pareciam estar permanentemente com os olhos em algum ponto do infinito.

Um pouco mais irritada, acelerei o ritmo ainda mais, provocando os músicos e superando a mim mesmo, já que a difícil melodia era eu quem tocava, ao teclado. Era a guerra! Surpreendentemente, o par se separou, fazendo movimentos livres, ora marchando, ora parados, balançando o corpo, com breques frequentes, como se estivessem brincando um com o outro. Por vezes, se aproximavam e usavam as mãos ou os braços para inverter as trajetórias no salão.

Aquele andamento não podia ser uma coisa agradável para eles, como estavam aparentando! Porque insistiam, pensava eu, tentando imaginar o que fazer, enquanto encerrava mais aquele número e retomava o script, em meio a aplausos entusiasmados, gritos com meu nome e pedidos de "bis".

– Tem umas músicas que confundem a gente. A gente se entusiasma e acaba cantando "Emoções" no lugar de "My Way". Ou vice versa. Era minha gozação ao amigo e conterrâneo Roberto Carlos, pois achava que ele tinha se inspirado mesmo em *My Way* quando compôs sua canção.

Toquei e cantei um trecho de cada música para provar a tese e diverti-me se com os risos da plateia e os aplausos com animados assovios.

– Adoro Roberto!

Com esta declaração de amor, cantarolei um *pout-pourri* de músicas do Rei, duas ou três frases de cada uma, como se fosse uma degustação.

Ao notar que o casal, de mãos dadas e bastante atento à minha fala, permanecia no meio do salão, balançando levemente os corpos, resolvi fazer outro teste. E parti para o improviso total.

– Uma vez, no Programa do Jô, o Roberto Carlos contou que adora lagartixa e que tinha até uma de estimação no closet do seu quarto. Já imaginaram? Alguém aí da plateia também cria lagartixa?

Os risos foram gerais, muita gente reagindo nas mesas. E continuei.

– E medo de lagartixa, quem tem? Eu por exemplo, fico apavorada quando vejo uma.

Mais risadas e muita descontração no público, atenuando um pouco certa tensão que algumas pessoas tinham pressentido no duelo que se instalara. Mas aquele papo de lagartixa era apenas uma pretexto para minha próxima jogada.

– Agora, uma pergunta importante: alguém aí sabe qual é a comida favorita de lagartixa?

Alguns se arriscam a responder: mosquito, mosca, barata, gafanhoto.. e ainda muitas risadas e brincadeiras na plateia.

– Respostas certas. Um monte de entendido em lagartixa, tô gostando de ver. Mas, galera, a comida favorita da lagartixa é... o besouro!

– Sim, o besouro! E em homenagem ao meu querido Roberto e suas amadas lagartixas, vou tocar pra vocês o "Voo do Besouro", do compositor russo *Rimsky Korsakov*. Fechem os olhos e tentem imaginar um besouro voando, prestes a ser devorado pelas lagartixas-*pets* do nosso Rei.

Virei-me para o teclado do piano, me concentrando, o silêncio rapidamente voltou ao ambiente e comecei.

A música tem uma dificílima execução, pois seu andamento é muito rápido. Muito rápido mesmo, já que simula, como o nome diz, o zumbido de um inseto ao voar.

E o casal dançarino? Eles vão se cansar logo, logo, ninguém conseguiria dançar isto, pensei com meus botões. Era minha cartada final daquela guerra, a bala de prata da noite.

Bem, os dois não se intimidaram, nem se fizeram de rogados. Muito pelo contrário, como se fossem dançarinos clássicos, fizeram evoluções incríveis, ora juntos, ora separados, como numa coreografia ensaiada milimetricamente. Passaram então a girar pelo salão, como se estivessem dançando uma valsa imaginária. Sorriam e pareciam estar permanentemente com os olhos em algum ponto do infinito.

Quando completei os últimos acordes, a casa delirou. Gritos, assobios, vários "bis" se misturavam aos aplausos, agora não apenas dirigidos a mim, mas também à dupla que, intencionalmente ou não, roubava um pouco a cena com sua performance.

O público estava agora começando a se interessar pelo desfecho daquele verdadeiro embate: a música, modéstia à parte, estava divina e a dança parecia cada vez mais interessante.

Resolvi então entrar no jogo - que jeito? - e tentar tirar partido da situação. Sem esperar pelo finalzinho dos aplausos do número anterior, levantei-me e estendi o braço direito em direção ao casal, como que dividindo com ele o sucesso. E anunciei ao microfone:

- *Ladies and gentlemen, Ginger and Fred.*

É claro que havia um pouco de sarcasmo na minha, digamos, capitulação. *Ginger* e *Fred* se referiam naturalmente a *Ginger Rogers* e *Fred Astaire*, o casal de dançarinos mais emblemático da história do cinema. Mas "*Ginger & Fred*" era também o nome de um filme de Federico Fellini. Nele, dois artistas italianos meio mambembes, que se apresentavam imitando os americanos homônimos, são reunidos para um último e melancólico show.

Os nossos *Ginger* e *Fred* se viram para o público e agradecem timidamente os aplausos e minha menção a eles, com um ar quase sem graça. Mas ficam ali na pista voltando a me olhar, como que aguardando os acontecimentos.

Que a rigor não ouve. Àquela altura eu tinha me tranquilizado, que jeito. E até começava a me simpatizar com o desempenho daqueles dois. No fundo, eles estavam mais me ajudando do que atrapalhando. Resolvi simplesmente reassumir o roteiro previsto, que tinha ainda dois blocos.

O primeiro deles era composto por músicas brasileiras de diferentes gêneros, com uma roupagem jazzística. Havia sido a base de um dos meus álbuns de maior sucesso. Tinha samba, tinha rock, música caipira, sertaneja. De Pixinguinha a Barão vermelho, de Jobim a Teló, de Tim Maia a Cartola. De tudo um pouco, com muito improviso, variações harmônicas rebuscadas e uma pitadinha de bossa-nova.

O casal, na dele, continuou dançando. Concentrada na minha performance, pouco me importei com eles. Parece que estavam também mais relaxados, e se sentindo agora como parte do show. Mais solto nos movimentos, faziam, um gênero, assim, tipo gafieira.

Como eu esperava, o público aplaudiu bastante. Muita gente conhecia o álbum e estava familiarizado com aquele repertório; e meus coadjuvantes, à vontade no seu papel, tinham virado meio paisagem. Mas por pouco tempo.

A explicação é muito simples. A parte final do show era composta por músicas em inglês.- Tinha um par de standards de *Sinatra* & cia, mas a maior parte era originado de musicais de cinema e produções da *Broadway*, de *Cole Porter* a *Gershwin*.

Era uma festa para mim e para a banda. Oportunidade de explorar o virtuosismo de cada um, com solos que se sucediam, eu anunciando o nome do músico em destaque. Mas era festa também na pista. O que estava acontecendo agora era absolutamente fantástico. O casal fazia, sim, incríveis coreografias, que a mim, inveterada aficionada pelos musicais da Metro e da Universal, pareciam extremamente familiares. Se não fosse por aquele aspecto decididamente cafona do seu figurino, o par poderia, por certo, figurar em qualquer espetáculo do gênero, neste planeta.

- Senhoras e senhores, Ginger e Fred! Desta vez a saudação foi sincera e, àquela altura, estava eu também curtindo o casal com todo mundo no *Henry's*. Não sei explicar, mas sentia que a presença dele estava mexendo comigo, trazendo uma emoção diferente, uma energia gostosa, ali naquele palco.

Quando iniciei *On Bradway*, que encerrava o show, o público já estava de pé, literalmente abismado. Envolvidos pela emocionante e excepcional performance musical – nunca tínhamos tocado com tanta intensidade e maestria – todos queriam ver também as evoluções da dupla que parecia flutuar no espaço, tamanha a leveza de seu verdadeiro balé. Até que, sem demonstrar nenhum cansaço, nos últimos compassos da música, vão dançando lentamente em direção ao corredor lateral que leva ao fundo do palco, enquanto os aplausos explodem, quase frenéticos.

Orlando, garçom que estava junto à passagem, viu quando seguiram em direção aos camarins. E ninguém prestou atenção a mais nada porque todos estavam, naquele momento, encantados, quase enfeitiçados pelo extraordinário efeito de luz que tomava conta do ambiente. No palco, cada um de nós da banda tinha uma espécie de aura luminosa cercando nossos corpos, sendo que a minha tinha um brilho ainda mais intenso e num tom azulado quase mágico. De pé, todos nos aplaudiam sem cessar, com entusiasmo, muitos se aproximando agora da pista do *Henry's*, cujo piso estava completamente estrelado, como se, de repente, uma estranha fonte luminosa de efeitos especiais tivesse sido ligada.

Eu e os rapazes agradecemos aos aplausos com as mãos dadas e sem entender direito aquela luz que nos envolvia. Eles me levam até o centro do palco, soltam minhas mãos e recuam, me deixando ali extasiada com os aplausos e com os gritos e assobios.

Com tanta gente agora na pista, o discotecário teve a presença de espírito de colocar um *New York, New York* e não deixar se perder o clima eufórico da noite. E aquele chão de estrelas começou lentamente a se apagar, sob os "ohs" e "ahs" dos presentes.

Com a cortina fechada, sai em direção à coxia, feliz e excitada e querendo me encontrar com o casal. Henrique tivera a mesma ideia e já estava no corredor. Ao me ver, sorriu e me contou com ar de cumplicidade:

– Por ali, foram para a saída dos fundos. Vamos!

Ao sairmos, nos fundos do prédio, ainda vimos nosso casal entrar no banco de trás de uma limusine branca com capota preta. O motorista, encostado no capô, sorridente e olhando firmemente para mim, comandou, com um alguns passos de sapateado, o gesto de palmas que os três fizeram na minha direção, como que reconhecendo a extraordinária apresentação que eu e a banda havíamos tido naquela noite.

Colocando sem pressa as luvas e o boné, o motorista deixou que eu e Henrique o observássemos com atenção, boquiabertos, ao confirmar o que nos parecia desde o início. Era um clone do *Fred Astaire*, não havia a menor dúvida, quem entrou no carro, deu partida e, acelerando, dobrou, cantando ligeiramente os pneus, na primeira esquina a direita.

Ficamos os dois ali, por uns momentos, olhando para a rua, processando o que tinha acontecido. Depois nos entreolhamos, sem compreender muito bem tudo aquilo, mas sabendo que aquele era um momento mágico.

Foi Henrique que, com uma voz meio sacana, quebrou o silencio:

– Pois é, Aninha, aquele efeito de chão de estrelas, acho que o Carlinhos da iluminação pode reproduzir. Lindo, aquilo. Mas algo me diz que no seu show de amanhã não teremos essa atração internacional...

- Também desconfio que não, *darling*.

Disse isso enquanto dava os braço ao Henrique e nos dirigimos lentamente de volta para o *Henry's*.

– É uma pena, *cherie*. Eu estava crente que poderia levar o exótico casal para jantar conosco. Por falar nisso, o cônsul já deve estar estranhando nossa demora em aparecer.

– Você jura que eu preciso mesmo ir? Eu não vou ter a cara de pau de falar que estava tudo ensaiado. A não ser que a gente diga que estava escrito nas estrelas...

– Essa é uma boa ideia. A gente pode começar o papo citando uma frase do *Nietzche*: "Eu só poderia crer em um Deus que soubesse dançar..."

– Que chique! Não sabia deste seu lado filósofo!! E quer saber? Semana que vem, vou me matricular lá no Carlinhos de Jesus e tomar umas aulas de dança! De hoje em diante, quero ficar Odara, meu amigo! Odara!

BRAD PITT ON THE ROCKS

O Astronauta
Gabriel o Pensador e Lulu Santos

Ah não, meu irmão qual é a tua?
Que bicho te mordeu aí na lua?
Eu vou pro mundo da lua
Que é feito um motel
Aonde os deuses e deusas
Se abraçam e beijam no céu

Algumas estatísticas indicam que quase metade da população das grandes cidades brasileiras já foi assaltada pelo menos uma vez. Conheço gente que chegou a ter esta traumatizante experiência mais de cinco vezes. Eu, até então, nunca, mas nem de perto, tivera de passar por nada do gênero. Sorte pura, pensava comigo mesmo.

E olhem que eu não era do tipo de ficar em casa trancada. Levava uma vida superativa, diretora de arte numa grande agência de publicidade de dia – que me tirava o couro, convenhamos – e fazendo uma pós-graduação na PUC à noite. Não abria mão de malhar três vezes por semana, e sempre arranjava um tempinho para passar na casa dos meus pais. Isso tudo não me impedia de ter também uma vida social consideravelmente agitada para os meus vinte e nove aninhos. Naquela noite saíra da faculdade logo após o intervalo de aula, cerca das oito e meia. À tarde, a faxineira telefonara me avisando para comprar umas coisinhas que estavam faltavam e decidi dar uma passada no supermercado, antes de ir para casa.

Nem bem acabara de estacionar o carro quando percebi que aquele "cara" (até hoje não consigo me lembrar sequer se era branco ou preto) estava com um revólver apontado para minha cabeça.

– Passa pro banco do lado e fica quietinha, sua filha da puta.

Lembrei das estatísticas sobre assaltos mas, naquele momento, não conseguia imaginar nenhum final feliz para a história que estava apenas começando. Ainda tentava me controlar um pouco, inventariando mentalmente as perdas, o que trazia na bolsa, os prováveis estragos no carro novo, quando percebi o "cara" número dois entrar pela porta traseira e se jogar no banco, portando uma arma ainda maior, sem qualquer preocupação em disfarçá-la.

Enquanto o primeiro se sentava ao volante, chegando o banco todo para trás, o outro comandava com uma voz alterada e muito, muito ameaçadora:

59

– Aí, burguesinha, vamos dar uns rolês por ai, mas trate de ficar muito bem-comportada, viu, que eu estou com meu "trezoitão" apontado direto pra essa tua nuca branquela.

Naquele ponto, além das milhares de borboletas no estômago, perdi por completo a noção das coisas. Bem que haviam me dito: nessas situações você nunca sabe como vai reagir. Pois bem, não reagi. Pior, deu um inesperado branco total.

Só me dei conta da gravidade da situação, bem depois, quando já estávamos na orla, no final do Recreio dos Bandeirantes. Àquela altura, o sentimento de infelicidade e de medo estavam se transformando em algo esquisito, misto de abandono com uma coisa aparentada da raiva. Eu não me conformava de estar ali, ao lado de um assaltante que dirigia como um louco e ainda por cima tendo de aturar os maiores impropérios do outro idiota, que insistia em me apontar aquele revolver. Logo eu, que incorporara de forma quase agressiva, tantos palavrões ao meu linguajar, não conseguia abrir a boca contra aqueles...escrotos de merda (agora posso falar à vontade). Logo que começou, ainda xingava mentalmente, caralho, puta que o pariu, vão se foder e por aí afora. Mas não consegui falar nenhum deles, nem emitir qualquer som. Muda. Mudinha.

Sem saber muito bem porque, comecei ali a entrar num estado de desânimo, o que era lamentável e perigoso, porque os meus companheiros, pelos seus comentários, não pareciam ter dúvidas quanto ao seu próximo passo.
    – Aí, bro, vâmo achar ligeirinho um canto pra parar este carango, que eu quero pegar logo essa loura gostosa. Sente só o cheirinho da safadinha, Zé Vigila.

– Tu tá certo, Lagartixa! Tô só de olho nos peitinhos dela, cara, desde que a gente entrou no carro. E olha só pra essas coxas, cara, olha só pra isso!

E, com o cano do revólver, puxou o meu vestido até quase a cintura, enquanto mantinha o rosto ora na estrada, ora virado pra mim.

Eu não olhava para nada além da estrada em frente. A vontade que eu tinha era de dormir, era de trocar o canal com o controle remoto, era de sumir dali. Rezar, não rezei não, esquisito, não é? Eu que sempre rezava tanto, quase toda noite, antes de dormir. Mas não rezei, não. Quanto mais eles me descreviam um para o outro e me tocavam com aquelas mãos nojentas, mais eu me sentia sem forças, sem vontade de reagir, com medo de chorar.

Aquela sensação não durou muito, entretanto. Porque foi substituída por um pavor que eu nunca tinha sentido antes. Pensei que meu coração fosse explodir, com tamanha taquicardia. E o calafrio que atravessou meticulosamente todo o meu corpo parecia a descarga elétrica de um raio. Tudo isto por causa daquele ser horrível que abriu de repente o teto solar pelo lado de fora e meteu a cabeça (?) para dentro do carro.

Vocês sabem, eu sempre fui fã incondicional de cinema. Cansei de ir a cinema de shopping quando era mais nova e ainda sou do tempo dos videoclubes: rata assídua de DVDs. E o hábito permanece. Continuo adorando o escurinho do cinemão, com efeitos especiais e pipoca, é claro. E assino o Now, Netflix, Amazon Prime, UOL Play, Mubi e Starz. Estava, assim, mais do que acostumada aos super heróis da Marvel, aos personagens intergalácticos de Guerra das Estrelas, à galera do *Game of Thrones* e aos mortos-vivos de toda espécie.

Mas aquela figura que estava ali era demais pra mim. E ao vivo, o que era pior. Algo difícil de descrever, muito difícil. Seu corpo, de uns cinquenta centímetros, era um meio termo entre um sapo e uma barata, na sua forma, com a textura que lembrava vagamente manga recém-chupada. O que pareciam ser olhos, muitos olhos, dispostos ao redor de toda a cabeça, eram uns tubos que se movimentavam como serpentes e que possuíam, na extremidade, um tipo de sensor ou antena, brilhante e de cor verde. Muito feio, asqueroso.

O mais irônico é que justamente aquela coisa horrenda foi a responsável pela minha salvação da encrenca em que estava involuntariamente metida. Porque o mesmo terror que eu sentira, desabou, amplificado, sobre meus dois companheiros de "viagem", atacados pelo inesperado visitante.

Com um dos seus braços em forma de presas dissolveu instantaneamente o metal da arma do bandido que estava sentado atrás, moldando um par de algemas, que logo o imobilizou. Em seguida, lançou pela "boca" uma espécie de vapor em torno da cabeça do motorista, que começou a gritar desesperado.

– Lagartixa, estou cego, porra, faz alguma coisa, não estou enxergando mais nada.

O carro parecia desgovernado e, encolhida no banco, com todos os músculos do corpo contraídos, custei a perceber que meu Palio estava flutuando no espaço, sob o controle do meu (seria isto mesmo?) aliado *allien*.

A aterrissagem foi feita com suavidade, ao lado da enorme pedra que separa a estrada, no caminho do Recreio para Grumari, logo depois da Prainha. As portas do carro se abriram sozinhas, iluminando a total escuridão do local, e quebrando o silêncio que se instalara ao desligar-se o motor.

Os dois assaltantes saíram como que hipnotizados e apesar de nada se ouvir, pareciam obedecer a algum comando muito firme. Aproximaram-se um do outro e se abraçaram como se fossem dançar. Um raio de cor laranja, emitido pelo umbigo (?) do nosso amigo do outro mundo, transformara o revólver restante (um *Smith & Wesson* 38, cano longo) numa elegante coleira unindo as duas cabeças, ao mesmo tempo em que uma estranha liga de metal prendia firmemente os pés dos bandidos. Ficaram assim com seus movimentos completamente imobilizados, e pareciam dormir, rostos colados um no outro.

Saí do carro devagar e comecei a perceber o que era o tal comando inaudível. O extraterreno estava agora se comunicando era comigo. Por telepatia, imaginem. Fantástica, a sensação de receber todas aquelas informações em meio a um profundo silêncio. E ainda bem que a escuridão quase completa me desobrigava de ver aquele monstrinho com todos os seus detalhes.

Ele me contou então quem era. Descreveu o distante planeta de onde vinha e afirmou estar ali apenas de passagem, curiosidade natural de viajante que tinha como destino uma outra galáxia. Por mero acaso, passava por aquele ponto do planeta Terra e não resistira ao impulso de interromper a violência que pressentira dentro daquele veículo.

Explicou-me ainda que não precisava de nave para viajar no espaço devido ao conhecimento de espécies de energia desconhecidas na Terra, e que tinha total controle sobre sua estrutura molecular, o que lhe permitia assumir qualquer forma, inclusive forma nenhuma.

Àquela altura, eu já me acalmara bastante e a última revelação lembrou-me imediatamente as imagens de um filme que vira há muito tempo, com o Jeff Bridges. Numa situação de certa maneira parecida, o visitante do espaço se transformara no marido, morto recentemente, da mocinha, dona da casa onde fora parar. E não consegui então evitar a pergunta, quebrando o silêncio:

– Qualquer forma?

– Qualquer forma.

– Olhe, você já deve ter lido isso no meu pensamento, me chamo Márcia e devo confessar que fiquei bastante perturbada com a sua presença. Mas nem sei como lhe agradecer pelo favor que o senhor me fez. Acho que poderia ter sido o meu fim se o senhor não tivesse me dado essa sua ajuda.

Enquanto falava, inconscientemente me aproximei um pouco mais do meu companheiro e prossegui:

– Mas, se o senhor pode mesmo assumir um outro aspecto, digamos, mais humano, terrestre, sei lá como dizer isso, eu tenho certeza que ficaria mais fácil a gente se comunicar.

Como vocês veem, tinha preferido omitir qualquer comentário sobre a estética adotada pelo amigo. Ele deveria ter suas razões de ordem prática para aquela escolha.

– Vamos fazer o seguinte – comentou ele, ainda telepaticamente (mas já soando bem mais familiar).

– Você escolhe uma forma de que goste, concentra-se nela com seu pensamento e eu me converto no mais próximo que puder dessa forma. Está bem assim?

– *Brad Pitt*! – gritei excitadíssima.

E entrei correndo no carro para apanhar uma dessas revistas femininas que tinha publicado uma longa matéria sobre ele. Olhei com a máxima atenção as fotografias, fechei bem os olhos e concentrei-me com toda força na imagem daquele... deus. Era meu ídolo, minha paixão. Brabeira! Imaginei, então, em silêncio, se ele apareceria nu, como veio o personagem do tal filme.

De repente, ruídos de passos se aproximando do carro me sobressaltaram e me trouxeram um leve arrepio. Será que os bandidos haviam se soltado? Dei um suspiro antes de decidir abrir os olhos, morta de curiosidade e ao mesmo tempo, inquieta e um pouco nervosa.

Levei outro susto, apesar de ser apenas um moleque com a cara superboazinha, os olhos vivíssimos, e a carapinha brilhando como se tivesse acabado de sair do banho.

– Aí, tia! A senhora tá precisando de alguma coisa?

– Não, nada. Acho que agora está tudo bem – respondi um tanto vacilante em meio àquele choque brusco de realidade.

Saí do banco traseiro onde havia me instalado para a mentalização, me achando meio ridícula, será que tinha estado delirando? Mas acho que ainda consegui aparentar uma boa dose de confiança para convencer o pequeno a ir andando e deixar-me sozinha. Isto, é claro, depois de dar mais uma olhada na dupla de assaltantes (eles estavam na mesma posição) e voltar para o carro pensando em achar meu celular para avisar a polícia.

Ao sentar-me no banco, fiquei imóvel e, desta vez, a emoção que tomou conta de mim veio como uma coisa meio morna, o coração palpitando gostoso. Ele estava sentado ao lado. *Brad Pitt* em carne, osso e... roupas chiquérrimas, como as da matéria na revista. E mais, falando português claro e sem qualquer sotaque:

– Foi algo assim que você imaginou?"

Fiquei por vários instantes olhando, olhando, o sorriso boquiaberto se alargando pouco a pouco.

– Incrível. Não dá para acreditar que você faz mesmo isso. Ficou igualzinho! – disse, balançando a cabeça com lentidão, como que incrédula.

....

O porteiro do Motel Dunas, meio sonolento, nem reparou no rapaz louro acompanhando a cliente do Palio azul-escuro, que chegou por volta das onze. Seu colega do turno da tarde, no dia seguinte, achou meio esquisito aquela mulher saindo sozinha, pagando uma conta tão alta, certamente pelo uísque e champanhe consumidos. Mas, ele nunca mais esqueceu a expressão de felicidade da garota, enquanto deixava, em sua mão, a maior gorjeta que ele recebeu em toda a sua vida.

Tempos depois

Márcia mudou-se para Varginha, Minas Gerais, famosa pela aparição de OVNIs. Trabalha em casa, como freelancer. Quando pode, dá consultoria ao app OTT (Onde Tem tiro) e é voluntária do Disque-Denúncia. Preside o fã clube do *Brad Pitt* no Brasil. Os dois bandidos foram presos naquela mesma noite e se tornaram evangélicos na penitenciária. Ambos em condicional, são colegas numa empresa de limpeza.

LULAS À STANLEY JORDAN

Canta, canta minha gente
Martinho da Vila

Canta, canta minha gente
Deixa a tristeza pra lá
Canta forte, canta alto
Que a vida vai melhorar

Que a vida vai melhorar
Que a vida vai melhorar
Que a vida vai melhorar
Que a vida vai melhorar

– Odeio a Mata Atlântica.

Talvez eu não usasse este desabafo, nos dias de hoje. Alguém iria me "detonar" na hora. Com certeza. Mas depois de alguns dias de chuva, praticamente sem podermos pôr o nariz para fora de casa, manter o bom humor nem sempre era uma tarefa fácil.

E não era só a chuva. Era também a umidade que penetrava nos ossos. E era a rua alagada que tornava a saída de casa uma operação de guerra, com pedaços de madeira servindo de ponte. E as crianças? Insuportáveis, entediadas por não estarem indo à praia, e por aquele confinamento. Enfim, tudo exatamente ao contrário do que nossas famílias esperavam, quando alugamos aquela casa para a temporada de verão em Barra do Saí.

– Olha lá as nuvens, Armando! Não estou dizendo? Estacionaram na nossa cabeça. Enquanto não saírem de cima da floresta, nos morros ali atrás, nós vamos ficar ilhados aqui, cara. É culpa da Mata Atlântica, sim.

– Então vamos comer lulas!!!

A resposta funcionava como uma senha para todos nós, principalmente a garotada. As lulas à doré tinham se transformado no prêmio de consolação para as férias na praia, sem sol, sem areia e sem ondas. Íamos cedo para o "Caiçara", o pequeno restaurante perto de casa, que havíamos eleito como nosso refeitório. E as lulas davam, então, partida nos "trabalhos" do dia, junto com as caipirinhas para os adultos e os sucos para as crianças.

Na música, não fui nem eu quem reparou, confesso. Foi Sônia quem nos chamou a atenção sobre o CD do *Stanley Jordan* que estava tocando, quando as lulas chegaram à mesa, na primeira vez. Mas o batismo foi meu, decididamente convencido de que era a trilha sonora perfeita para aquele momento:

– Lulas à *Stanley Jordan*!!!!

– É isso!!! – Concordaram todos, rindo e rapidamente atacando os moluscos (que nome mais esquisito!).

Jamais poderia imaginar como aquele momento marcaria tanto a minha vida. Não fazem harmonização de vinho com comida? Pensei comigo mesmo. Então porque não harmonizar cada momento com uma música? Pode ser tão mais interessante!

Naqueles dias, nem Lia, nem nossos amigos Armando e Sônia, nem mesmo as crianças, deram muita atenção para a minha insistência para que o Lino, o garçom, pusesse aquele mesmo CD do *Stanley Jordan*, assim que pedíamos as lulas. O sol acabou abrindo e as férias, tudo somado, acabaram sendo ótimas, com areia, ondas, muito bronzeado e muitas lulas. Havia esquecido a pinimba com a Mata Atlântica e uma ideia genial foi amadurecendo em minha cabeça.

Logo que cheguei de viagem, mandei instalar três sistemas de som na empresa. Um na área de produção da fábrica, outro nos escritórios e um terceiro na ala da diretoria. Na reunião do comitê executivo, expliquei a importância daquela providência para a produtividade da nossa pequena indústria de produtos de limpeza. Notei um certo olhar de estranhamento na Dona Sílvia, minha secretária. Mas não seria nada como aquela chatíssima música de elevador ou a outra, de dentista, que existiam antigamente.

Comecei a produzir as trilhas eu mesmo, isso que vocês hoje chamam de *playlists*. Tinha meu antigo acervo de CDs e LPs, para lá de razoável. Um pouco de música clássica, aqui, um pouco de jazz instrumental, ali, um pouco de MPB, acolá. E *voilá*! E sempre uma pitadinha de outras curiosidades musicais: celta, oriental, árabe ou africana.

E não é que deu certo? A produção aumentou. O nível de satisfação do pessoal do escritório, idem. O lucro, nem se fala. E a diretoria? Sempre de pé atrás. Bem, os caras elogiaram, mas quem é que garante? O importante é que eu estava trabalhando mais contente e realizado. E isso era o que mais me interessava.

O fato é que aquele clima de sucesso me incentivou a continuar evoluindo. Resolvi contratar um profissional: um DJ. Sim, alguém que pudesse fazer da música algo com ainda mais significado e profundidade. Ajudei o DJ a fazer um levantamento detalhado das atividades de cada área da empresa e as trilhas ficaram ainda mais focadas e eficazes. Sempre com a minha palavra final, faço questão de registrar.

Passamos, assim, a ter trilhas por departamento. Afinal, vendas tem que ter um clima diferente de finanças, não é mesmo? Com novos circuitos de som, havia também a possibilidade de modulação do som de acordo com o horário. Pela manhã, a atmosfera não pode ser a mesma de depois do almoço.

Outra novidade foi a música ao vivo na hora do almoço, às sextas-feiras: quarteto de cordas, grupo vocal, teclado com contrabaixo, tuba com acordeom. As combinações eram as mais incríveis, e aproveitávamos para fazer alguma premiação ou reconhecimento a funcionários e gerentes.

E a "cereja do bolo" foi a contratação de Jean, o violinista que me acompanhava pessoalmente, sempre que havia o fechamento de algum negócio importante.

A empresa, coincidência ou não, além de mais lucrativa, cresceu muito no período e acabamos virando capa de uma grande revista de negócios, que colocou em destaque a influência da música na produtividade. Fui convidado a dar conferências em universidades e congressos de administração e até dissertações de mestrado foram feitas a partir do nosso *case*. Éramos um sucesso.

Bom, em casa também não foi diferente. Queria abrilhantar o cotidiano da família, é claro. Música e bem-estar caminham sempre juntos, não é mesmo? Logo no início, instalei caixas de som em todos os cômodos e tínhamos uma música incidental, que dependia do horário e do que mais relevante estava acontecendo. Tínhamos trilhas para as refeições, no almoço mais leve, no jantar mais encorpada. Tínhamos música para os estudos das crianças e para a hora das brincadeiras. Música para iniciar o dia, para meditar, para fechar o dia. E, apesar de algumas resistências iniciais, música para lá de especial para Lia e eu transarmos. Como era bom tudo aquilo!!!

Lá pelas tantas, a revista Caras fez uma reportagem de capa, que me colocou de vez assim, como uma espécie de celebridade. Muito bem de vida com o crescimento da empresa, as festas que dávamos em casa ganharam fama, com destaque para a música, é claro, sempre muito bem produzida.

Eu e Lia entramos de vez no *jet set*, convidados habituais para as festas mais transadas e para os vernissages e inaugurações mais importantes. Entramos, em especial, para a lista de convidados VIP para tudo quanto é show quente. E, era de se esperar, fiquei amicíssimo dos DJs mais conhecidos na época.

E as lulas? Bem, as lulas eram um caso à parte. Toda semana tinha lula em casa e a maior parte dos restaurantes que frequentava passaram a incluir uma "Lulas à *Stanley Jordan*" no cardápio. Afinal, eu era o famoso Eduardo Soares, e não iriam negar uma sugestão tão pertinente, feita com tanta ênfase.

Infelizmente, aquele sonho não durou para sempre. O sucesso, todos sabemos, tem o seu preço a pagar. Desde início da revolução que promovi na empresa teve gente reclamando. Por exemplo, as pessoas que gostavam de ouvir as suas próprias músicas nos seus fones de ouvido não entendiam que se tratava de uma ciência, não de um entretenimento, e viviam reivindicando o direito de ouvir suas próprias playlists.

Um músico amigo me contou que, no intervalo de uma das apresentações de sextas-feiras, um gerente perguntou a ele quanto era o seu cachê e que daria o dobro para ele parar de tocar. Pior, que todos riram da piada de mau gosto.

Mas isso era o de menos. O fato mais crítico, disparado, foi a ciumeira dos meus sócios na empresa e de alguns diretores. Tanto armaram que acabaram me destituindo do cargo de pPresidente, apenas porque, numa sequência de dois trimestres, ficamos no vermelho. Uma ingratidão sem limites para quem por tanto tempo vinha trazendo lucros espetaculares para a organização e bônus obscenos para todos eles. Resolvi me demitir de forma irrevogável, é claro. E, aos poucos, fiquei sabendo, toda a música evaporou-se da empresa.

Mais tristes e ainda mais traumáticos forma os problemas que surgiram também na família. Os filhos diziam que eu era um mico, que nem eu nem os "meus DJs" entendiam nada do gosto deles e de seus amigos. E Lia, um belo dia, me chama para uma "DR", que de discussão não teve nada. Apenas acusações e uma indescritível revelação de toda a sua revolta com aquilo tudo. Uma grande surpresa, pois sempre pensei que estava adorando a vida agitada e divertida que estávamos tendo. Imaginem que ela disse que odiava até o nosso sexo tântrico e que as trilhas esotéricas eram de tirar o tesão. Enfim, pediu o divórcio e confessou que tinha um caso com o Armando desde aquelas férias em Barra do Saí.

Fiquei arrasado. De uma hora para a outra, me vi sem a rotina do trabalho e agora, estava sozinho, sem a família, triste de dar dó. Recluso, saí do circuito de festas e em pouco tempo os convites foram escasseando até praticamente desaparecerem. Cá entre nós, apenas os DJs se mostraram fiéis à nossa amizade e continuaram a me procurar e a me tratar como sempre.

Querendo exorcizar a péssima fase da minha vida, em novembro daquele ano, tive uma ideia. Não sei como não tinha pensado nisso antes. Resolvi promover um circuito de shows do *Stanley Jordan*. Ele adorou o convite e a repercussão foi ótima, espetáculos lotados em cinco cidades.

Logo depois do último show da temporada, no Rio de Janeiro, deu-se a tragédia. Eu estava conversando com alguns fãs do guitarrista junto ao palco e eis que uma caixa acústica me atinge nas costas. Sim, isto mesmo que você leu: uma caixa acústica. O técnico de som estava desmontando o conjunto de caixas superpostas, no canto do palco e justamente a que estava por cima escapou e caiu sobre mim. Caiu, não, desabou sobre minha coluna vertebral. Para resumir: o acidente me deixou paraplégico.

Foi muito duro o que se seguiu. Eu juro que não merecia aquele sofrimento. Ficar sem o movimento das pernas da noite para o dia é um golpe muito duro. Mais duro ainda para uma pessoa tão fragilizada como eu me encontrava, então.

É claro que recebi apoio de muita gente e nessa hora você de fato consegue perceber quem de fato é amigo ou não é. Os filhos foram de um carinho impressionante e até Lia me surpreendeu com a dedicação ao meu tratamento.

Estou vivo, e isso é um ativo maravilhoso, mas ver-se cadeirante, de uma hora para a outra, é uma experiência muito mais difícil de superar do que as pessoas supõem. Primeiro, você acha que sua vida acabou, e pronto. Depois, começa a fazer o inventário do que deixou de fazer e que agora era tarde para tantas oportunidades desperdiçadas. Mais ou menos em paralelo, lista tudo aquilo que não será mais capaz de fazer no futuro.

Em ambos os casos, a lista acaba sendo bastante grande, gente! Tem tudo para ser a sua derrota definitiva na vida. Mas pode também ser sua chance de reinvenção, quando chega alguém e lhe ensina a descobrir o que você pode faze valorizar, a partir daquele ponto.

Escolhi a segunda alternativa, incentivado e orientado por um cadeirante iluminado, que tive a benção de conhecer. Doutor José Carlos Morais, ou simplesmente o Zé, que me foi apresentado por amigos comuns. Foi ele que me ensinou a não me comportar como vítima e a descobrir não o que uma cadeira me limitava e, sim, o que uma cadeira poderia me oferecer como libertação. Foi ele que me aproximou do tênis sobre cadeira de rodas e eu, que nunca fui esportista, de repente me vi disputando alguns torneios.

A música esteve mais presente do que nunca. Com a parceria de uma amiga fisioterapeuta, introduzi trilhas nas sessões de tratamento, com resultados surpreendentes para mim e outras pessoas. Eu que não gostava de dançar, passei a ser o rei da pista em qualquer festa. Minha cadeira parece que flutua. Igual a do Zé!

Eu, que não tocava nenhum instrumento musical, depois de alguns meses de aulas, não posso ver um piano dando sopa num shopping, por exemplo, para me ver logo rodeado de rostos sorridentes.

Hoje, estou no aeroporto. Viajo daqui a pouco para apresentar meu livro em Recife, num evento que reúne editoras de vários países. Depois do sucesso no Brasil, é hora de tentar uma carreira internacional para este estudo sobre música e processos fisioterapêuticos.

Um atendente da companhia aérea me acompanhou até o portão de embarque. Cheguei cedo e ainda faltam duas horas para meu voo. Coloquei meus fones no ouvido e acionei a *playlist* que tinha preparado para a viagem. Comecei a folhear uma revista e notei quando ela foi se aproximando e sentou-se em frente a mim.

Era uma mulher muito elegante, bonita, bem maquiada, vestida toda de linho, impecável. Me chamou a atenção o contraste daquela composição chique com uma surpreendente pele tatuada. Havia tatuagens nos braços e no ombro, reveladas pela blusa sem mangas, e nas pernas. E talvez outras mais, em locais menos aparentes, fico imaginando.

Um detalhe acendeu ainda mais minha curiosidade. Num dos ombros, havia a tatuagem de uma pauta musical. Apenas dois compassos, o suficiente para se ler que se tratava do início da quinta sinfonia de *Beethoven*. Tan-tan-tan-tan!!

Ela notou que eu a observava e sorriu suavemente, junto com um sutil movimento da cabeça, como me cumprimentando. Ela também estava usando fones de ouvido, e não resisti.

– Oi, o que você está ouvindo?

Ela abaixou o volume de seu celular e, educadamente, se desculpou, dizendo que não havia me entendido.

– O que você está ouvindo? – repeti.

Sua reação foi perturbadora. Ela simplesmente se levantou e veio sentar-se na poltrona ao lado da minha cadeira. Ajustou o volume do celular novamente e me passou o seu fone de ouvido.

Ela não estava ouvindo *Beethoven*, mas, sim, o Quinteto Armorial[2] que reconheci de imediato. Meu sorriso deve ter sido sugestivo, pois ela, sempre me encarando, sorriu também, curiosa, na expectativa da minha reação. Num impulso, tirei meu fone e lhe passei, sem nada dizer. Eu estava ouvindo a gravação de um show do Antônio Nóbrega, que tinha começado a carreira tocando rabeca e violino exatamente naquele Quinteto.

– Que coincidência – ela exclamou com um semblante decididamente entusiasmado.
– Pois é! Quer trilhas melhores do que estas para viajar para Pernambuco?

---

[2] O Quinteto Armorial surgiu, em Recife, nos anos 1970, para *"fazer uma música popular com elementos eruditos"* e propunha um diálogo entre o cancioneiro folclórico medieval e as práticas criativas dos cantadores e instrumentistas nordestinos tradicionais. Fazia parte do Movimento Armorial, idealizado por Ariano Suassuna, que incluía artes plásticas, literatura, teatro e música.

Neste ponto, um grupo agitado e barulhento foi nos cercando, todos usando uma camisa polo com o desenho de duas borboletas no lado esquerdo do peito e a inscrição Coral Nova Vida. As conversas tornaram dispensável que perguntasse o nome, a profissão e o que estava fazendo ali a minha nova conhecida.

– Oi, Margarida!
– Olá, maestrina!!
– Chegou cedo, amiga!
– Nossa, que chiquê é esse, menina!
– E aí, chefe! Tudo pronto para o Festival?

Eram integrantes do coral dirigido por ela, todos e todas muito carinhosos ao encontrá-la. Seguiam no mesmo voo que eu, para participar de um festival, em Recife.

O voo, por sinal, atrasou bastante, e nós dois ficamos ali, descobrindo, aos poucos, como a música nos unia, ainda que por caminhos tão distintos. E também rindo da animação e das conversas dos coralistas ali em volta de nós.

Em dado momento, alguém do grupo começa a cantar, baixinho, como para matar o tempo.

> Canta, canta minha gente
> Deixa a tristeza pra lá
> Canta forte, canta alto
> Que a vida vai melhorar

Aos poucos, outras vozes do grupo começam a se somar, sempre baixinho. No refrão, já eram muitas.

> Que a vida vai melhorar
> Que a vida vai melhorar.
> Que a vida vai melhorar
> Que a vida vai melhorar.

Margarida sorrindo para mim, pergunta se eu não cantava.

Se fosse em outros tempos, diria apenas que era desafinadíssimo e não levava jeito para aquilo. Mas ali, naquela situação, me senti bem à vontade e, me dizendo um "porque não" em voz alta, comecei a participar do refrão, com timidez inicial mas, dali a pouco, já com alguma naturalidade.

Margarida comenta, risonha: – Você leva jeito. Quer entrar aqui para nosso coral?

Não cheguei a responder. Naquele exato momento começaram a chamada para o voo e, como sempre, embarco com prioridade. Me acomodo no corredor da primeira fila e libero minha cadeira de rodas para ser despachada para o porão do avião.

Quando os demais passageiros entram, constato que ao meu lado viajaria um dos rapazes do coral e não houve dificuldade para que trocasse de lugar com Margarida, a pedido dela. Nossa conversa seguiu gostosa, a gente falando agora de tudo um pouco e descobrindo um monte de afinidades que transcendiam, em muito, a música.

Algum tempo depois da decolagem, vendo as comissárias começando a movimentação para o serviço de bordo, pergunto, curioso:

– E aí? O que você gosta de comer?

– Ah! eu adoro lulas à doré.... É meu prato favorito!

O coral, lá atrás, retoma seu canto.

> Que a vida vai melhorar
> Que a vida vai melhorar.

ASAS INDOMÁVEIS

Volare (nel blu dipinto de blu)
Domenico Modugno

Penso che un sogno così non ritorni mai più
Mi dipingevo le mani e la faccia di blu
Poi d'improvviso venivo dal vento rapito
E incominciavo a volare nel cielo infinito

Volare oh, oh
Cantare oh, oh
Nel blu dipinto di blu
Felice di stare lassu

– Meu comandante, o que é isso!!! Nem o Barão Vermelho decolaria num dia como hoje, meu comandante! Nem se o Hitler mandasse! – E você me tira da cama a esta hora!!!!

"Meu Comandante" era como Osvaldo me chamava, desde que começáramos nossas primeiras aulas de Asa Delta, há alguns anos. Acabou que o apelido pegou, entre os amigos do Clube na Pedra Bonita.

Tinha acordado cedo, aquela manhã de sábado, mais cedo do que de costume. Sem sono. E com uma "puta" vontade de voar.

Antes de ligar para o ele, eu tomara um café da manhã reforçado. Estava com fome: cereais, frutas, sucos, iogurte, queijo branco, mel. Fiquei um pouco na dúvida ao olhar o céu pela janela. A meteorologia havia previsto tempo bom, mas minha experiência recente indicava que aquela nebulosidade poderia custar a levantar. De qualquer modo, achei que era melhor sair logo e aproveitar o ar puro da manhã, a asa já estava no *rack* do carro desde a noite anterior. Mas sabia que ia ter que aturar o mau humor do amigo.

E não deu outra. Saiu de casa reclamando e continuou resmungando o tempo todo pelo caminho até a Pedra Bonita. E o pior é que ele tinha razão. Eu havia me precipitado. Não se enxergava dois palmos adiante do nariz e éramos os únicos por ali.

Osvaldo me sacaneou o que podia e resolveu tirar um cochilo até que o sol desse o ar de sua graça. Rebateu o encosto do carro, ajeitou os óculos escuros e abaixou a aba do boné sobre os olhos. Antes de fechar a porta, limitou-se a um:

– Tchau, Comandante, me avise quando o aeroporto abrir. *Roger out!* Cambio!

Sem deixar de sorrir, pensei que talvez tivesse sido melhor assim. Poderia armar a asa com calma e aproveitar ao máximo o silêncio e o ar puro. Tirei a asa da capota do *Land Rover* e carreguei-a até junto a rampa de voo. Dei mais uns passos até junto à borda.

Uma incrível sensação, a de ver a madeira da rampa terminar no cinza claro daquela espécie de nuvem. Era como se flutuasse no espaço, e isto trazia uma gostosa ilusão de poder. Respirei bem fundo, fechando os olhos e imaginando uma cor bonita, como havia aprendido num desses cursos de controle da mente, e senti-me o dono do mundo, como um Deus de verdade, que tudo consegue e tudo sabe.

Este quase estado de graça foi interrompido por um leve ruído e logo em seguida a pergunta:

– Esta asa é sua?

Foi tudo muito rápido. Claro que fiquei surpreso com aquela voz feminina, de repente. Não ouvira o motor de nenhum carro chegando. Enquanto recuava da posição meio perigosa em que estava, ali na borda, fui virando o meu rosto e aí o susto foi realmente grande, quando constatei quem era a visitante inesperada. Perdi o controle das pernas, acabei tropeçando na ponta do praticável de madeira e caindo de costas sobre sua aresta. Era um verdadeiro momento "Trapalhões", pensei. Só que aquilo não tinha a menor graça, não estava conseguindo me movimentar, ali estatelado no chão, na mesma posição em que caíra.

Se não bastasse a imobilização e a dor, a interlocutora que tanto me assustara continuava me assustando. *Fellini* teria ficado encantadíssimo em ter aquela figura como personagem. Loura mega oxigenada, de cabelos compridos encaracolados, presos por um ridículo laçarote, devia ter quase um metro e oitenta e seguramente não pesava menos do que 130 quilos. A maquiagem pesada só fazia acentuar as rugas, de quem já deveria estar chegando aos sessenta. Vestia um *collant* dourado, que mal continha os seios enormes, onde se divisava uma nada discreta tatuagem de borboleta. E, arrematando, uma saia muito estampada em tom vermelho. Sapatilhas douradas completavam o figurino grotesco!! Feminino, mas grotesco!!!

– Esta asa é sua, meu gato? – repetiu a mulher, aproximando-se mais um pouco.

– É sim, senhora – respondi, tentando parecer o mais natural possível. Mas, no fundo, confesso, bastante apreensivo pela posição de fragilidade em que estava, ali, perto de um precipício, sem conseguir me mexer sequer um milímetro, com uma dor insuportável nas costas. Teria quebrado algum osso?

– Senhora é o cacete! De-tes-to quando me chamam de senhora, sabe? Primeiro porque ainda sou suficientemente jovem, percebe? E, além do mais, nunca fui casada. Tá?

– Tá bom, tá bom! – exclamei com a maior jovialidade que encontrei no momento, mas ainda totalmente imobilizado.

– Não estou conseguindo me mexer, prossegui. – Será que ...você... poderia me dar uma ajuda?

Ela veio caminhando lentamente na direção onde eu estava caído, mas afinal se aproximou foi da minha asa, que havia transportado até o praticável. Abriu a capa que a embalava e começou a sua montagem, enquanto assoviava uma velha canção do Caetano.

– Sabe de uma coisa, playboy? Eu vim aqui para voar. OK? E, ao que tudo indica, vai ser você quem terá o privilégio de me emprestar esta sua magnífica asa.

- Só para um voozinho, eu prometo. Prometo, não, garanto.

E continuou sua tarefa, por sinal, com grande desembaraço. Não era uma caloura, via-se logo. Separou a viga, a barra transversal, a barra de controle, e foi aos poucos montando toda a asa.

– E o "porra" do Osvaldo? Será que não acordou com este falatório todo? – pensei, tentando virar a cabeça em direção ao carro.

Como que lendo meu pensamento, minha "colega" comentou, com um ar firme, num tom quase ameaçador:

– Nem pense em chamar seu amigo, meu anjo. Não se esqueça de que você está aí "estabacado", bem no início da rampa e seria horrível eu ter que te ajudar a pular daqui. Sem asa, não tem a menor emoção! Você sabe, né?

Logo em seguida, terminou sua tarefa e sentou-se a meu lado.

Minha cabeça estava a mil. De onde tinha surgido esta mulher? Não ouvira ruído de qualquer motor e tinha certeza de que não havia nenhum veículo estacionado, ao chegarmos a Pedra Bonita. Além do mais, nenhuma pessoa normal poderia pensar em voar com aquela neblina, fechada do jeito que estava. Mas aquela definitivamente não era uma pessoa normal. Que história mais doida! Pensava no Armando, pensava na minha asa que não ia aguentar aquele peso. Pensava principalmente nas minhas costas, se tinha sofrido alguma coisa séria.

– Estou te achando muito estressado para um esportista tão experiente, sabe gatinho. Para ter uma asa como está sua, você deve ter muuuitos anos de voo, pode crer.

– Você não disse que queria uma ajuda? Então vamos nessa!

Aí, se ajeitou a meu lado e mais surpresas. Começou uma massagem, que, confesso era mesmo relaxante. Contrariando todo o visual, digamos, vigoroso da mulher, ela tinha mãos delicadas e habilidosas. Primeiro, os ombros, depois a coluna, o fato é que comecei a me sentir bem melhor. Não conseguia ainda me mexer, mas estava começando a ficar menos tenso, mais confortável.

Depois, outro susto. Ficando de joelhos na minha frente e olhando firme nos meus olhos, com seus olhos enormes, foi abrindo o zíper da minha bermuda e aos poucos constato que eu estava ficando excitado. Sem desgrudar seu olhar do meu, a ladra da minha asa começava agora a me masturbar, lentamente, com aquelas mesmas mãos doces que sentira em minhas costas. Lembrei do filme *Irina Palm* e, de arrepio em arrepio, me deixei levar por aquela maluquice a acabei gozando de uma forma intensa e, quem diria, muito prazerosa. Com direito a gemidos e a fechar os olhos no final.

– Bom, meu amigo – disse ela, enquanto limpava as mãos nas pernas da minha bermuda.

– Agora você não vai poder dizer que eu nunca te dei uma maozinha. E olhe. Não se preocupe com suas costas. Daqui a um pouquinho você vai conseguir se levantar daí. Dou minha palavra!!!

E dizendo isso, levantou-se, tirou a saia, deixando à mostra as coxas e a bunda gigantescas. Amarrou a saia nos cabos de fundo da asa, como se fosse uma bandeira e foi se atando ao equipamento.

Continuava perplexo e estático diante daquela situação ridícula que se aproximava agora de seu desfecho. A mulher estava realmente se posicionando na rampa e eu não conseguia mover um dedo para impedi-la.

– Não fique preocupado, meu gato. Daqui a pouco você pode ir até lá embaixo em São Conrado apanhar seu brinquedinho.

Dizendo isto, correu pela rampa como uma atleta olímpica e lançou-se no meio da espessa neblina, enquanto gritava.

– E muito obrigado, heim, Comandante!!!

Senti-me ainda mais confuso, ao ser chamado pelo meu apelido, e nem deu pra recuperar o fôlego pois, no instante seguinte,

Osvaldo chegou, com uma cara de sono, mas ficando mais agitado à medida que se aproximava.

– Quem é que estava gritando, cara? Cadê a sua asa, Gabriel? O que aconteceu com você, aí de pau pra fora da bermuda, todo borrado?

Meu amigo custou a entender a complicada e fantástica história que eu lhe repetia com a maior paciência do mundo e até com uma certa dose de humor. Agora que minhas costas estavam voltando ao normal e conseguia me movimentar um pouco, e me recompor do ocorrido, tudo me parecia menos grave.

Quando pude, afinal, levantar, com o apoio do companheiro, fomos andando juntos até o meio da rampa, agora calados. O sol começava a penetrar entre as nuvens e a visibilidade revelava fragmentos da paisagem maravilhosa de São Conrado.

Pela cara do meu amigo, ele estava com sérias dúvidas se eu não tinha é deixado a asa, de alguma forma, cair morro abaixo e agora estava inventando aquela história fantasiosa.

Sem resmungar, concordou em me acompanhar até lá embaixo, no Pepino. Eu estava ansioso por verificar onde teria ido parar minha asa. Ele também.

Descemos a estrada com certa ansiedade e menos prudência do que o habitual, apressados para constatar o desfecho daquilo tudo. À medida que nos aproximávamos da praia, os pensamentos eram conflitantes. Osvaldo estava cético, desconfiado e um tanto tristonho. Eu convivia com um misto de apreensão pelo destino do meu equipamento valioso e, curiosidade pelo que a mulher tinha aprontado. Queria muito que meu amigo pelo menos a visse.

A asa estava estacionada, em perfeita ordem, perto de onde sempre a deixava, mesmo nos dias de maior movimento. A saia não estava lá. Não havia ninguém por perto para se perguntar alguma coisa. Enfim, também não havia testemunhas ali.

Para mim foi uma experiência determinante. Sonho frequentemente com aquele dia e meu comportamento mudou muito, de lá para cá. Estou sempre muito atento quando chego em qualquer lugar, olhando para todos os lados, meio desconfiado.

Osvaldo continuou um bom amigo, mas já não é a mesma coisa, reconheço. Nunca mais nos falamos sobre o incidente, e sem que tivéssemos combinado, passou a ser um segredo que permaneceu entre nós dois. Na realidade voltei a usar aquela asa pouquíssimas vezes. Decidi fazer um curso de piloto de planador. Já vinha pensando nisso há algum tempo e achei que era hora de voos mais altos e de frequentar outras tribos.

Continuo, é claro, acompanhando a galera de asa delta nas redes sociais. Nunca me esqueço de olhar as fotos com bastante atenção, para ver se nelas aparece – nunca se sabe, não é – aquela indomável voadora.

PERFUME DE MULHER

Lança perfume
Rita Lee

Lança menina
Lança todo esse perfume
Desbaratina
Não dá pra ficar imune
Ao teu amor
Que tem cheiro
De coisa maluca
Vem cá, meu bem
Me descola um carinho
Eu sou neném
Só sossego com beijinho
Vê se me dá o prazer
De ter prazer comigo
Me aqueça
Me vira de ponta cabeça
Me faz de gato e sapato
E me deixa de quatro no ato
Me enche de amor, de amor

Fazia séculos que a gente não se via. É, séculos, mesmo. Pelo menos o suficiente para que certos detalhes ficassem completamente difusos, perdidos em algum escaninho do tempo. Não me lembrava direito, por exemplo, do seu cabelo. Ou do seu jeito de vestir, que era moderno e elegante, isso era, só que não saberia dizer como. Não recordava da forma da sua boca, ou da ponta do nariz, nem mesmo do que falava, nas nossas conversas, se é que a gente se falava de fato. Não sei. Mas tinha uma coisa que sempre me acompanhou, aqueles anos todos: o seu olhar. Melhor dizendo, seu jeito de não olhar, porque, na verdade ela mal me encarava. Tinha era, cá entre nós, uma maneira toda sua, reticente, tímida, de escapar dos meus olhos, como uma espécie de jogo. Jogo sério, sério de seriedade, mesmo, já que nunca o clima foi de brincadeira. Pelo contrário, era um jogo velado, calado, mas que não deixava dúvidas: ela não queria se comunicar comigo por ali. E eu insistindo em desvendar que ser humano delicado, vivo era aquele, escondido, que me passava às vezes a sensação de ser alguém de outro tempo. De um tempo passado, ou um tempo futuro, mas certamente de um outro tempo que não era o que estávamos vivendo. Também, naquela época, reconheço, eu tinha um olhar atrevido, inquisitivo. Perscrutador, me confessou alguém certa ocasião, penso que com carinho. Intimidador, me acusaram tantas vezes, sem ressentimentos, até com certa simpatia. Acho que aquele meu jeito de olhar devia incomodá-la, sei lá. Se não, ela não abaixaria, com delicadeza, tantas vezes, aqueles olhos, que me pareciam, de certa forma, um pouco tristes; não desviaria, sempre, seu foco de interesse para qualquer outro ponto da sala, para um outro assunto, para o meio de um horizonte imaginário. Não que houvesse maldade em meu espiar. Isso não havia não, juro. Ainda mais num caso como aquele. Ela era simplesmente a mulher-fêmea do meu melhor amigo, amigo de verdade, era como se fosse um irmão, um irmãozinho que eu nunca tive não. E eu olhava daquele jeito para todo mundo, homem, mulher, criança, gordo, magro; quem fosse. Queria descobrir almas, caçar a mim mesmo nos outros, por curiosidade ou necessidade de autoafirmação. Pode chamar do que quiser, inventar outras descrições, mas acho que já deu pra você entender. Era um jeito de olhar, se alguém fosse analisar, no fundo, carente, muito carente. Mas, talvez por ser tão agudo e cortante, talvez expressasse apenas a falsa segurança de uma alma cheia de dúvidas: alma penada, como definiu muito bem uma amiga querida que entendia dessas coisas. Mas isso tudo foi muito antigamente. Antes dos nossos olhos deixarem de se ver de vez, antes dela e meu caro amigo-*brother-fratello* irem para o outro lado do mundo. Um mundo de mistérios, aventuras, descobertas. Lá pros lados do eldorado.

Depois, mudou tanta coisa comigo, que eu já nem sei mais lembrar de tudo na ordem como foi. Acabei, de repente, naqueles mesmos tempos, me achando, alma gêmea, dentro de um outro olhar e mergulhei na mais pura, completa, mobilizadora, fascinante, gostosa, terrível, sofrida paixão. Uma paixão como tantas, dessas que fazem a gente imaginar que é única, última, definitiva. Que teve a agravante de ser a primeira, me deixando sem referências, sem norte, sem rumo. Uma paixão que me fez mudar tudo, mexer em coisas imexíveis, falar de temas intocáveis, imaginar cores indeléveis, substituir o insubstituível. Uma paixão incurável, memorável, eterna enquanto durou, como diria o poeta. Mas que um dia acabou, quase tão de repente como tinha surgido, num momento mágico ao contrário, para o qual nenhum de nós está nunca preparado, de jeito nenhum. E que fez do meu olhar um olhar doce, aquietado, de tanto chorar.

Veio então um tempo de tristeza, um quase desespero, um abandono sem graça, uma falta de jeito, de assunto. Tempo de repensar a vida, de querer distância, de se isolar do mundo, de achar que era o fim do percurso. Um tempo de lágrimas fáceis, de lágrimas que deixaram meu olhar triste e medroso, mudo e desconfiado. Um olhar cabisbaixo, não resta a menor dúvida. Foi um tempo em que tentei de tudo um pouco: psicólogos, cartomantes, xamãs, sacerdotes, pais de santo e astrólogos. Nada que conseguisse explicar aquilo que eu sentia e muito menos me animar um pouquinho.

Até que um dia, andando a esmo pela rua, dou de cara com uma velha senhora. Ela, muito bem-vestida, usava um chapéu elegante de palha, enfeitado com uma fita de tecido com estampas de borboletas coloridas. Ela para, quando me vê. Fica me encarando sem pudor, com um olhar penetrante, ao mesmo tempo incômodo e acolhedor. Eu, ali, firme. Lá pelas tantas finalmente me diz, com voz suave.

– Que cara mais triste, jovem!

Toca meu braço, num gesto carinhoso e me conta, então, que era isso mesmo. Que o olhar ia ficar assim por uns tempos, não tinha jeito. Que eu não me preocupasse porque ele iria se acender de novo quando eu encontrasse o tesouro.

– Tesouro, que tesouro?

Pedi para que me explicasse aquilo, mas ela não me deu mais detalhes, por mais que eu insistisse.

– Só tesouro – concluiu ela.

– Você saberá reconhecê-lo.

As coisas aconteceram assim, de supetão. Eu a imaginava ainda distante, naquele mundo de lá, com meu irmãozinho *brother*, quando a vi, a uma distância segura, sorrindo de um jeito novo, mais alegre, espontâneo. De certa forma, parecia outra pessoa, ali em meio àquele grupo de mulheres. Prestei atenção aos cabelos, às curvaturas do rosto, à silhueta mais madura, aos gestos mais largos, menos contidos, mais expressivos. Procurei ver detalhes, como aprendiz de *voyeur*, e me aproximei com prudência, economizando palavras, quase em silêncio. Contente por vê-la, feliz por redescobri-la.

Não pudemos dizer uma à outra "puxa, você não mudou nada". Porque na verdade nenhuma de nós conhecia de fato muito da outra, mesmo depois de tanto convívio, naquele passado distante. E, agora, face a face, pela primeira vez, estávamos livres para nos apresentar de verdade.

Havia algo de novo e surpreendente. Um ponto bem nítido de transformação. As posições agora haviam se invertido, no olhar de cada uma. O meu, reticente, bissexto, desalentado, evitava o seu, agora rascante, penetrante, quase dominador. Eu digo "quase" porque apesar de forte e determinado, o olhar dela tinha uma permanente alegria, uma maneira gostosa de me analisar, sem crítica ou reprovação. Um jeito amistoso e receptivo. Um olhar seguro, muito seguro, retratando a maturidade serena que, logo depois, descobri que havia se instalado em sua própria vida. Não soou estranho, nem falso, marcarmos um almoço, dias depois. Haviam interesses em comum e provavelmente muitas histórias que ambas gostaríamos de relatar.

O provável se confirmou e as histórias foram realmente muitas, naquela tarde de sol. Mas a transformação em meu olhar não foi assim, de imediato. Algo ainda me deixava tímida, sem conseguir encará-la direito, talvez por perceber naqueles olhos que eu parecia evitar, uma coisa forte que me amedrontava, algo que substituía a tristeza anterior por uma indefinida sensação de insegurança. E foi assim por horas e horas, em que ativamos nossas memórias, sintonizamos nossas emoções, investimos nosso latim. De repente, o restaurante já quase vazio, fecho os olhos, escapando do seu olhar, agora mais brilhante ainda, depois do vinho e dos licores, e percebo, lentamente, o seu...cheiro. Ainda com os olhos cerrados, inspiro mais forte para deixar penetrar aquela fragrância feminina, doce, nítida, sensual. Tomo consciência, agora meio assustada, o coração batendo um pouco mais rápido, daquele perfume de mulher. E deixo a sensação gostosa tomar conta de mim, sem criar defesas ou barreiras. Abro então os olhos sem pressa e encontro, curiosa, suas pupilas curiosas. Deixo que fiquem assim, sem falar nada, sentindo que a emoção está presente também nos seus olhos oblíquos e alegres. Pergunto, enfim, que perfume era aquele que ela estava usando, tentando talvez esquivar-me de um silêncio a que não estava acostumada.

– *Trèsor*, Tesouro – respondeu ela, me olhando ainda mais fundo e agora decididamente provocante.

Com um inevitável sorriso, observo o leve tremor em seus lábios, quando olho decidida e quem sabe atrevida para sua boca bem feita.

– Mais dois licores de menta! – peço ao garçom, enquanto pego suas mãos com ternura e entrego, agora sem qualquer sinal de receio, meus olhos aos seus.

ALÉM DO ARCO ÍRIS

Somewhere over the rainbow
Harold Arlen e Yip Harburg

Somewhere over the rainbow
Way up high
And the dreams that you dream of
Once in a lullaby, oh
Somewhere over the rainbow
Bluebirds fly
And the dreams that you dream of
Dreams really do come true-ooh-ooh
Someday I'll wish upon a star
Wake up where the clouds are far behind me
Where trouble melts like lemon drops
High above the chimney tops that's where
You'll find me, oh

Despertou meio sobressaltada, saindo de um sonho agitado, do qual não se lembrava quase nada. Achou curioso acordar espontaneamente, menos de um minuto antes da hora que havia marcado no alarme do celular. No espelho do banheiro a cara de sono por pouco não a fez voltar para a cama, mas água gélida lhe trouxe nova vida aos pulsos, às mãos, aos olhos, à superfície da face.

Ao tirar o pijama, permitiu que a friagem se transformasse num arrepio, que percorreu todo o corpo e deixou os bicos dos seios entumecidos. Levantou os ombros até quase tocar as orelhas, inspirando devagar o ar fresquinho que entrava pela janela ao lado da pia. Soltou o ar com rapidez, mas uma leve tensão nos ombros insistia em resistir.

Vestiu sem pressa a calça jeans e a blusa vermelha quadriculada de flanela, sentindo o toque do tecido sobre a pele mulata. Decidiu-se também por um paletózinho de lã que compunha o conjunto com elegância.

Saiu do quarto pé ante pé e confirmou que a casa ainda dormia, ao descer as escadas com o passo ritmado por um quase imperceptível ranger de botas.

Na cozinha, encontrou Noca, que parecia já estar com a feijoada do almoço bem adiantada.

– A irmã da Thais Araújo acordou cedinho hoje!! E já levanta irradiando esta beleza toda!

Noca sempre brincava com aquela história. Dizia que Alice parecia a irmã mais bonita da atriz, da qual ambas eram fãs. A negritude unia as três. A velha cozinheira tratava sempre com carinho especial aquela visitante ocasional, filha de amigos dos seus patrões.

O café da manhã era caprichado, coisas da pequena fazenda. Bolo de fubá, broas de milho, pão fresquinho, geleia de jabuticaba, suco de goiaba. E Noca ficava toda prosa ao ouvir cada elogio a seus dotes de cozinheira, que sua hóspede preferida não economizava.

Ao sair para o pátio, Alice surpreendeu-se com a beleza da neblina, que filtrava a claridade suave do amanhecer. A fazendola ficava em um vale bastante marcado pelas elevações que a cercavam, cobertas por densa vegetação. Àquela hora, entretanto, a neblina mal deixava entrever o desenho dos morros contra o céu.

Caminhou um pouco, afastando-se da casa e voltou-se para contemplar a bela silhueta de pedra e madeira que contrastava com a paisagem. O ruído do riacho passando logo adiante era encantador e completava o ambiente com suavidade. Reparou então na fumacinha saindo da sua boca ao expirar e achou divertido ver a fumaça semelhante, produzida por Tião e Danton, que se aproximavam.

Tião era um simpático empregado da fazenda, e a paixão pelos cavalos os aproximara desde que se conheceram. Ele, como um pastor, cuidando de cada detalhe da vida dos animais, e Alice, a cada visita, mais afeiçoada a eles.

Danton era o seu preferido, entre os puros-sangues da fazenda. Era belíssimo. Negro, tinha o rabo e os pelos da crina na cor de trigo, quase louros. Tião ajudou-a a montar com um sorriso, seguro de que seu afilhado estava em boas mãos. Sabia que ela era filha de um oficial de cavalaria e montava deste criancinha. Isso sem falar dos troféus de hipismo que acumulava na estante do seu quarto.

Alice ajeitou-se na sela, ajustou suas coxas com firmeza ao lombo do animal e, com um movimento decidido, comandou a partida compassada, em direção ao fundo do vale. O desenho que fazia o riacho naquele lado da estradinha, convidava a prosseguir por sua margem, apesar de o terreno ser mais pedregoso, por ali.

Logo após a primeira curva, comprimiu ainda mais as pernas contra Danton e iniciou um galope elegante, mas não muito veloz. Era a primeira vez que cavalgava sozinha, naqueles lados. Chegara do Rio na véspera, com muita vontade de montar e fora dormir cedo, Tião devidamente avisado. O resto da turma optara por um pôquer que, por certo, teria durado até de madrugada.

Sentiu-se bem por estar só naquele momento e concentrou-se no controle do galope em meio ao percurso que começava a mostrar-se mais acidentado, exigindo pequenos saltos e passagem por algumas elevações. Danton começava a suar e Alice sentiu outro arrepio gostoso ao perceber que ela também estava transpirando um pouco. Esfregou um lábio no outro e diminuiu a marcha, mantendo a pressão sobre a musculatura do animal.

Pensou em Sérgio e no que estaria fazendo agora em Paris. Ele sempre se queixava que as quatro horas de diferença de fuso eram terríveis para a sintonia entre eles. Quando ela acordava, ele já estava se preparando para o almoço. O almoço no Brasil o alcançava cansado de estudar no final da tarde. Quando Alice saia do trabalho, ele já estava indo para a cama. E assim por diante.

Sérgio tinha certa razão. Os contatos já não tinham mesmo aquela força de antes. Fora a ausência física, claro. Nenhum papo por vídeo, por melhor que seja, substitui um beijo, um abraço, uma carícia. Depois da interação profunda que dois apaixonados conseguem na cama, qualquer outro processo de troca parece mesmo muito precário. Muito mais a 10.000 quilômetros de distância.

Relembrar aquilo a deixava meio aflita. Prometera a Sérgio - e a si mesma - que tentaria viver sua vida normalmente, com liberdade, naqueles dois anos. Esse era o tempo que ele precisava para acabar seu mestrado e decidir que destino dar à sua carreira.

Era um aluno brilhante e haveria uma chuva de ofertas de boas oportunidades para ele. Na volta, saberiam o que fazer para resgatar ou abandonar de vez aquela paixão maluca, que parecia a Alice desgastada com o passar dos meses.

Pedro entrara em sua vida com suavidade. Colega de trabalho e admirador explícito de Alice, tinha consciência da situação em que se metera. Sabia da difícil competição em que estava envolvido, ao propor a ela que saíssem sem compromisso, apenas aproveitado a companhia um do outro. Torcedor do Vasco, brincava dizendo que era vice-campeão até no amor. Era de fato um sujeito bem-humorado e muito carinhoso com ela.

Para Alice, aquela relativa zona de conforto que se estabelecera estava, agora, por terminar, com a chegada do "parisiense" na semana seguinte. Ele sabia sobre Pedro e tinha antecipado a volta em alguns dias. Ambos tinham grandes expectativas e esperanças sobre ela. Escolhas teriam de ser feitas e nada melhor do que um passeio a cavalo como aquele para relaxar e organizar as ideias.

Notou, então, que o vale se estreitava e que o caminho acabava em um simpático bosque. Fez Danton diminuir as passadas e devagarinho, penetrou entre as grandes árvores. Respirou fundo, várias vezes, desfrutando daquele ar puro e relaxante. Era uma comunhão com a natureza, pensou. Sentia-se numa espécie de ritual quase místico que trazia pureza e serenidade.

O sol finalmente conseguia fazer seus primeiros raios chegarem àquela parte do vale. Atravessando os galhos das árvores, provocavam efeitos originais, fluidos, de raríssima intensidade. Ouro, laranja, verde e tantas outras cores se misturavam. O som era suave e acolhedor, produzido por centenas, quem sabe milhares, de pássaros e insetos invisíveis. Pequenos animais, de maneira tímida, se escondiam à sua passagem e mesmo as borboletas pareciam manter-se à uma discreta distância, ante a presença de Alice.

O caminho que percorrera na mata acabava na beira de um pequeno riacho. Apeou devagar, deixando Danton livre. Ele logo, logo, aproximou-se da borda e bebeu daquela água transparente. Alice debruou-se sobre a margem, de modo a ver sua imagem refletida. Achou-se bonita e imaginou-se, por um momento, como uma princesa num conto de fadas. Sorriu com a ideia e juntou as duas mão em concha, para provar também ela a água que parecia tão fresca.

– Não faça isso, menina!

Virou-se surpresa e deu de cara com uma miniatura de gente, vestida como um anão da Branca de Neve. Ele continuava gritando com ela, com toda veemência.

– Esta água é encantada! Pode fazer muito mal às pessoas. Especialmente uma pessoa com esse seu colete esquisito e esse jeito assustado.

Apesar daquela figurinha com menos de um metro de altura ter a cara simpática de um bom velhinho, Alice de fato ficou muito assustada com sua presença inesperada e tão inusitada. E começou a recuar, dando uns passos para trás. Acabou tropeçando numa pedra e rolando num barranco que não havia percebido, bem atrás dela.

Ao começar a voltar a si, as fortes dores na cabeça e na perna direita eram grandes e, logo constatou, estava imobilizada. Mas tomou coragem e decidiu abrir os olhos e constatou o machucado na perna, que a calça rasgada pelo impacto revelava.

– Ah, que bom que você está acordada. Estava começando a ficar preocupado. Assim, pode me ajudar a fazer umas ataduras para ver se ajeitamos logo as coisas.

Lá estava ele, sim, ele, a tal miniatura de gente. Estava cobrindo o ferimento com umas folhagens grandes e movia-se com enorme rapidez para seu tamanho e a idade que aparentava. Trabalhava para fixar as ramagens em volta da perna de Alice, com uma espécie de fibra que lembrava um barbante.

– Quem é você, afinal? – resolveu perguntar Alice, enquanto tentava sentar-se e ajudar a completar o curativo improvisado. E arriscou um palpite: – Um duende?

– Meu nome é Ril. Muito prazer!! Basta isto. Vocês gostam de fantasiar e inventar nomes para coisas sobre as quais não têm a menor ideia.

– Duende, *hobbit*, *goblin*, gnomo, elfo, *leprechaun*. Que diferença faz?

– O importante, agora, menina, é darmos uma solução para os problemas da sua cabeça. E da sua perna. Ela não está com a cara nada boa! Acho que este arranjo aí que eu fiz não vai ser suficiente.

Pegou então o saquinho que trazia preso ao cinto e começou a procurar alguma coisa, sem demonstrar impaciência. Acabou encontrando uma espécie de biscoitinho e o ofereceu a Alice com um gesto engraçado, mas cortês.

– Se você comer isso, vai tornar infinitamente mais fácil minha tarefa de, digamos, ajudar a curá-la. Afinal, sinto-me responsável pela sua queda. Não deveria ter assustado você, chegando tão de repente e falando daquela maneira.

E procurou tranquilizá-la:

– É feito apenas com ervas aqui mesmo da região e tem efeito apenas sedativo. Vai lhe fazer bem, você vai ver.

Alice avaliou, de forma realista, sua situação e concluiu que estava em dificuldades mesmo. A dor na cabeça estava ficando insuportável e continuava sem conseguir mover a perna. Estava muito distante da fazenda, perdida naquele bosque e dificilmente alguém estranharia sua ausência até a hora do almoço. Por outro lado, começara a ficar curiosa com Ril. Ele não tinha sido hostil em nenhum momento e parecia sincero quando se dizia preocupado com seu estado. Decidiu confiar nele e comeu o biscoitinho.

– Que sensação mais estranha...! Que sonolência! Não brinca não! Será que o biscoitinho que este carinha me deu é aquele da história da minha xará, que faz as pessoas ficam pequenininhas? Só falava essa.. Ahhhhhhhhh! O que será que está acontecendo comigo?

Quando acordou, quase meia hora depois, Alice estava do mesmo tamanho, o que a deixou aliviada. O que parecia que tinham encolhido eram as coisas, no local onde ela agora estava. Logo percebeu que só poderia ser a casa do Ril.

Ela estava acomodada em frente a uma espécie de casinha de boneca, com arquitetura do Tirol austríaco, grande apenas para acomodar seres de um metro de altura. Mas não era ao ar livre, não. Parecia estar no subsolo, mas tudo muito bem iluminado por claraboias disfarçadas, pelas quais se podia divisar as árvores no "andar" de cima.

O anfitrião percebeu que Alice estava acordando e veio andando em sua direção. Mais tranquila, podia agora prestar atenção aos detalhes. Ele era de fato muito velho (só mais tarde ficou sabendo que tinha 228 anos). A barba crescida e os longos cabelos brancos mal escondiam uma pele curtida de sol, bem amorenada. O chapéu vermelho era comprido e afilado para cima, lembrando um pouquinho o chapéu de uma bruxa. Estava bem enterrado na cabeça, até quase a altura dos olhinhos pequenos e apertados, como se estivessem precisando de óculos. Tempos depois aprendeu que estava redondamente enganada. Os olhos de um gnomo são maravilhosos quando se comparam com os humanos. E enxergam na escuridão tão bem quanto de dia.

– É você, Ril?, gritou uma vozinha doce e musical de mulher, de dentro da casa.

– Sou eu sim, querida. E trago uma convidada que está precisando muito de seus cuidados.

Manu era um amor. Quado saiu da casinha, Alice viu que usava um chapéu verde do mesmo tipo do companheiro, enfeitado por bordados discretos mas bastante elaborados. A saia comprida, da mesma cor, ia até o chão e fazia contraste com a blusa branca de mangas largas, cheia de detalhes coloridos aplicados com esmero.

Se apresentou com simpatia e perguntou o nome da sua nova "paciente". E foi logo ajudando Alice a acomodar-se melhor, trazendo umas almofadas macias e quentinhas, recheadas de plumas.

– Mas o que uma jovem tão bonita pode ter de tão problemático que não possa ser resolvido com rapidez?, foi logo perguntando, com ar compreensivo, quase maternal.

– Caiu num buraco de costas e machucou a perna. E também a testa, comentou Ril enquanto desfazia a atadura que havia improvisado um pouco antes.

Manu balançou lentamente a cabeça enquanto observava Alice e voltou a entrar na casa. Voltou com três vidros e um pedaço de tecido grosso. Com gestos suaves, verteu uma certa quantidade de líquidos de cada um dos frascos sobre o pano, como que obedecendo a uma proporção bastante familiar. Em seguida, com firmeza, mas sem provocar desconforto, envolveu a perna da paciente com o tecido.

O resultado daquela fórmula iniciou seu efeito mágico, quase imediato.

– Que substâncias miraculosas são essas, Manú?, quis saber Alice, maravilhada e agradecida por terem já aliviado, em tão pouco tempo, a dor e o desconforto do machucado.

– São coisas muito simples, minha filha. Arnica, Comfrey e o extrato da raiz de uma erva que você não conhece, é um pequeno segredo nosso. E o tecido também é feito com fibras tiradas dessa mesma erva. Mas agora acho bom você comer alguma coisa para ajudar nessa recuperação.

Dizendo isso, foi até a cozinha da casinha e reuniu várias coisas numa bandeja forrada com um lindo paninho de crochê. Castanhas, cogumelos assados, mel fermentado e uma torta de maçã.

– Você prefere chá de jasmim, menta ou flores de tília?, perguntou Manu, enquanto servia Alice com alegria.

– Eu adoro chá de jasmim, obrigado, comentou Alice enquanto se ajeitava às almofadas, a bandeja no colo.

– Nós somos gnomos, querida. Ril não gosta de falar disso, trauma de infância. Mas essa é a verdade.

E lhe contou, então uma porção de coisas sobre a vida dos gnomos, seus hábitos e até mesmo algum de seus segredos. Aprendeu que dominavam várias técnicas que facilitavam sua vida independente. Carpintaria, cerâmica, tecelagem, tintura de roupas, trabalho com couro, vidro, metal e velas, eram atividades de pleno conhecimento de qualquer gnomo.

Soube que viviam muito mais tempo que os homens, chegando a passar dos trezentos anos. E que tinham uma notável relação com os animais da floresta, com quem se comunicavam normalmente. E a quem ajudavam e eram ajudados nas situações difíceis e de perigo.

Mas o que mais impressionou Alice foi o seu conhecimento de ervas e plantas e disso já tivera uma demonstração mais do que convincente. As dores haviam passado de vez e uma gostosa sensação de bem-estar tinha se instalado em todo o seu corpo.

Sentindo-se acolhida e segura, conversou de maneira bastante despreocupada com Manu, como se fosse uma grande e querida amiga. Falou de sua família e de sua infância. Falou dos seus sonhos e das suas incertezas. Falou do orgulho pelo seu sucesso profissional, angústias e suas alegrias. E sem detalhar muito, contou o dilema da sua vida sentimental, que a estava preocupando bastante. Acabou comentando, seria de se esperar, os desafios de viver numa sociedade preconceituosa e racista. É interrompida aí por Ril, que se aproxima esbaforido, tendo nas mãos a bota de Alice perdida na queda.

– Magnífico cavalo, Alice. Há mais de oitenta anos não montava um animal como este. Deixei-o ali em cima pastando junto a umas folhagens que ele nunca comeu. Vai se regalar!

E dando uma demonstração clara da boa audição dos gnomos, já se intrometeu na conversa que as mulheres estavam tendo.

– Ah, de preconceito a gente também entende um pouquinho, disse. E emendou:

– Nosso povo tem sofrido com isso. Há séculos. Tem gente que acha que a gente nem existe, tamanha a negação. Outros nos confundem com anões da Branca de Neve e com outros seres e entidades que são justamente o oposto da gente. Um saco!

– Ril, você é que não entende nada do preconceito e do racismo que existe entre os humanos. É um assunto muito mais sério e mais dramático do que estes mal-entendidos que ocorrem com a gente. Vai lá dentro dar uma adiantada no almoço e deixa eu continuar o papo com minha amiguinha aqui.

– Mas menina, me conta melhor essa história do Sérgio e do Pedro. Como é que é isso?

Alice contou que, com Sérgio, havia uma longa história de identidade e cumplicidade, por serem os dois únicos alunos negros na sua turma na faculdade de Direito. Com Pedro, um pouco mais velho, havia o convívio diário no escritório de Advocacia, onde fora trabalhar como estagiária, na mesma época que Sérgio fora para Paris e onde acabou sendo efetivada. Mesmo Pedro sendo branco, descendente de espanhóis, a questão de raça nunca tinha sido uma barreira. Aliás, a aproximação maior entre eles dois aconteceu, não por acaso, por conta de um trabalho voluntario para uma ONG que cuidava de diversidade. Ele já estava envolvido com aquilo há anos e ela se interessou em participar, assim que soube da sua existência.

– O irônico é que não vejo isso como uma competição. Não. Simplesmente, as coisas foram acontecendo. Sem segredos entre nós e cada um no seu "quadrado", sabe? De um lado, tenho a leveza, a alegria de viver e a dedicação de Pedro; de outro, a turbulência e a intensidade, própria da paixão, que sempre marcaram minha relação com Sérgio.

– Muito cômodo, não é senhorita? Mas agora parece que o tempo regulamentar está acabando e você não pode mais deixar esses rapazes em suspenso. Tenho certeza que você saberá o que fazer na hora certa. Mas lembre-se de que você tem apenas vinte e quatro aninhos e tem toda uma vida pela frente.

Alice fica com o olhar pensativo por uns instantes e de repente olha o seu relógio de pulso.

– Gente, eu preciso ir embora. Daqui a pouco o povo lá da casa vai estar chamando o Corpo de Bombeiros para procurar a mim e o Danton nessa mata.

Manu e RIl se entreolharam e coube a ele tocar no assunto delicado.

– Tem só uma probleminha, querida Alice. Nossa comunidade aqui tem regras muito claras na hora da saída de, digamos, visitantes. É para nossa própria segurança, você entende? Ninguém pode saber nossa localização. Se você aprende o caminho da saída, aprenderá a chegar.

– Ihhh! Faz sentido! E o que vão fazer, me levar vendada pela floresta?

– Também não é assim, querida amiga, retrucou Manu prontamente.

– Você já deve ter percebido que a gente é mais sutil e elegante do que isso. Acho que, apesar de tudo, você vai gostar do nosso método. Confie em nós.

– Ril, apanha lá aquele meu estojo de maquiagem e o espelho grande, que Alice vai querer se recompor antes de fazer a sua viagenzinha de volta. Enquanto isso, vou dar um pulo na cozinha.

Enquanto Alice ajeitava a maquiagem, Manú estava de volta. Mas não tinha ido preparar nenhuma porção mágica num caldeirão cheio de coisas esquisitas. Nada disso. Primeiro, porque ela de bruxa não tinha nada, muito pelo contrário. Parecia mais uma fada madrinha. Depois, porque o que lhe interessava na despensa já estava pronto. Eram sachês de porções muito particulares, e cuja dosagem era preparada de maneira bem cuidadosa, de tempos em tempos. Colocou um dos sachês, de cor verde, na xícara e, em seguida, água fervendo e voltou para perto de Alice.

Ril começou a explicação:

– Querida, você vai primeiro tomar este chazinho aqui, e logo em seguida a gente vai levar você até onde eu deixei a sua montaria. Aí, a gente se despede sem pressa, ajuda você a montar e voilá! Você pode partir em paz.

E Manú complementou, como se tivessem ensaiado o *script*:

– Desses primeiros minutos, enquanto sai da nossa vizinhança, você não vai lembrar de nenhum detalhe, mais tarde. Mas o que virá depois, você há de gostar e lembrar por muitos anos, temos certeza.

– E, com um pouco de sorte, vai ajudar você a arrumar esta cabecinha de vez, arrematou.

Ril ainda adicionou:

– Não se preocupe que em nenhum momento Danton deixará de saber o caminho de volta à sua baia. Eles sempre sabem. Aliás, você nem vai se dar conta disso.

Despediram-se com afeto, Alice emocionada e sentindo-se imensamente agradecida por ter conhecido aquele casal, em condições tão extraordinárias.

Bom, o que ela lembrou depois, com todas as cores e detalhes, foi o que se poderia chamar mesmo de uma viagem. O chazinho era poderoso.

Inicialmente, era como se tivesse entrado no interior de uma imensa árvore, cavalgando por dentro de seus galhos. Foi assim percorrendo sem medo o que parecia um labirinto e percebendo, aos poucos, que era cada vez mais fácil achar o lado que deveria seguir. Era um processo intuitivo e divertido que fazia Alice sentir-se segura a cada escolha.

De galho em galho, foi subindo, subindo. Aí, se surpreendeu-se galopando na superfície de uma enorme folha daquela árvore, no seu ponto mais alto. Percorreu por algum tempo aquela espécie de planície sem fim, em que apenas as nervuras e texturas da gigantesca folha se destacavam. Afrouxou as rédeas para que Danton acelerasse, testando os limites de sua velocidade. Sentia-se livre, independente, sem condicionamentos e limitações.

De repente, se vê saltando daquela planície para dentro das cores de um arco-íris não de sete, mas de centenas de cores, inclusive o preto, soma de todas elas e do branco, ausência de cada uma. Virtualmente voando, de cor em cor, Alice se deslumbrava com as infinitas variações de tons, temperaturas e contrastes. Sentiu-se feliz por vislumbrar as infinitas possibilidades que a vida poderia lhe oferecer.

Ao descer do arco-íris, quando chegou ao seu final, sabia que, de certa forma, já havia encontrado, naquele caminho, o pote de ouro de que falam as lendas. Não ficou nada surpresa ao se ver montada em Danton que calmamente estava no caminho da casa, junto àquele riacho que ia até a fazenda.

Viu, ao longe, o animado grupo, a cavalo, vindo em sua direção, e sorriu com serenidade enquanto afagava, num gesto carinhos, a loura crina de Danton brilhando ao sol quente do meio-dia.

Bem mais tarde, ao guardar seu paletózinho no armário, acha no bolso um envelope sobrescrito com seu nome numa impecável caligrafia de letras pequenas. Dentro dele, um bilhete e dois outros envelopes, menores.

Alice querida:

Seja qual for o seu caminho, saiba que
estamos com você no coração e no pensamento.
Com amor
Manu e Ril

Os envelopinhos traziam as seguintes instruções:

#1 Contém dois sachês verdes de chá
Use estas porções num momento de total intimidade entre você e Sergio ou para comemorar a nova etapa da vida de vocês.

#2 Contém um sachê azul de chá
Se você escolher seguir um novo caminho, e dar um tempo para você mesmo, sem pressões dos outros, use imediatamente esta porção.

Alice fica olhando para os dois envelopes por um tempo e, com um sorriso, pensa:

– Danadinhos, esses gnomos.

Dá um longo suspiro, enquanto desce as escadas sem pressa.

Na cozinha, encontra Noca e lhe pede uma panelinha para ferver a água. Abre o armário e escolhe uma caneca toda colorida, onde coloca o sachê azul.

Joga no lixo o envelopinho com os outros dois sachês e comenta:

– Sabe de uma coisa, Noca? É meio batido a gente dizer isso, mas acho que hoje é o primeiro dia do resto da minha vida!

AMOR PERFEITO

Um dia de Domingo
Michael Sullivan e Paulo Massadas

Eu preciso te falar
Te encontrar de qualquer jeito
Pra sentar e conversar
Depois andar de encontro ao vento
Eu preciso respirar
O mesmo ar que te rodeia
E na pele quero ter
O mesmo sol que te bronzeia
Eu preciso te tocar
E outra vez te ver sorrindo
E voltar num sonho lindo
Já não dá mais pra viver
Um sentimento sem sentido
Eu preciso descobrir
A emoção de estar contigo
Ver o sol amanhecer
E ver a vida acontecer
Como um dia de domingo

Ela nunca fazia gestos bruscos, eloquentes. Pelo menos, eu nunca vi. Algumas vezes, sorria. A maior parte do tempo, entretanto, ficava ali, com jeito sério. Mas sem transmitir qualquer sensação de tristeza. E o olhar, ah, este parecia ficar dividido. Ora prestava atenção aos mínimos detalhes do que eu fazia, ora me passava, simplesmente, uma suave sensação de total cumplicidade.

No início, aquilo me inquietava muito, confesso. Sabe como é. Medo de espíritos, de fantasmas. Temores antigos, histórias contadas, ou apenas entreouvidas, na infância. Durante alguns dias, achei que só podia ser assombração. Era algo que não conseguia entender e, muito menos, explicar. Aparecia quando eu menos esperava, e não costumava ficar por muito tempo. Sempre na medida certa, agora reconheço.

A primeira vez foi dentro do carro, único lugar onde ela surgia, no começo: uma espécie de território de reconhecimento mútuo. Eu dirigia sem pressa, voltando de uma festa com um casal amigo. Domingos, ao meu lado, e Mariana sentada no banco traseiro, falando muito, agitada, contando os detalhes da festa que tinham passado despercebidos para nós, os rapazes.

Sentada ao lado de Mariana, a visita inesperada era, já naquele primeiro momento, meio familiar, por estranho que isto possa parecer. Não cheguei a ficar propriamente assustado, quando percebi aquela presença curiosa e, é claro, perturbadora. Tentando captar a imagem, ora no retrovisor, ora olhando para trás, fiquei com a impressão de que foi sua presença que me fez ouvir com mais atenção o que Mariana contava: eu às vezes costumava ter alguma impaciência com aquelas fofocas, que soavam quase sempre meio repetitivas para mim.

De qualquer forma, foi uma visão perturbadora e estranha o suficiente para que eu não me sentisse à vontade em comentar o assunto com ninguém. Queria entender primeiro.

Durante algum tempo, cheguei a pensar que se tratava de meu anjo da guarda. Cheguei, mesmo. E até gostava da ideia. Ver meu anjo da guarda era algo que me fazia sentir, assim, meio superior. Muita gente sequer acredita nisso, coitados. Imagine, então, ver o meu, depois de tantas demonstrações de apoio e carinho que ele já havia me dado. Mas aquele não era o meu anjo da guarda, não. Vim a descobrir isto bem mais tarde.

Além de familiar, aquela nova presença tornou-se logo, logo, divertida, quando decidiu libertar-se do interior do automóvel. Primeiro, surgiu sobre o capô, com um ar maroto. Isso mesmo, em cima do capô. Eu havia bebido um pouco mais do que o de costume, numa dessas *happy-hours* cheias de publicitários e jornalistas, e dirigia em velocidade que a prudência não aconselharia. Sentada ali à minha frente, fazendo pose com as pernas cruzadas, conseguiu me fazer rir. E trouxe uma gostosa sensação de serenidade e segurança, que me fez diminuir a marcha e chegar tranquilo em casa. A partir dali, as situações foram ficando cada vez mais inusitadas. Era como se ela tivesse ficado completamente à vontade, aparecendo, sempre de repente, nos lugares mais surpreendentes: no saguão do cinema cheio, entre as pessoas; na sala de reunião, durante uma apresentação importante a algum cliente; na mesa ao lado, no restaurante. Era como se ela quisesse participar das coisas, comigo, mas sem interferir muito no que estava acontecendo.

No cinema, por exemplo, ficava sempre na mesma fileira, umas cinco poltronas à direita. Na missa, aos domingos, preferia sentar-se no último banco, junto à porta. No escritório, muitas vezes, ocupava a minha cadeira, quando me levantava para tratar de algum assunto mais urgente. Bastava o lugar estar vazio, e lá estava ela, cúmplice e interessada. E, se a cada dia, sua imagem ia ficando mais focalizada, mais clara, mais definida, a forma como desaparecia, sempre de repente, continuava inexplicável, não obedecendo a qualquer padrão de comportamento.

Com o passar o tempo, comecei a procurá-la, sempre que chegava a algum lugar. Nem sempre ela aparecia. Não havia muita lógica, nem porquês. Não era uma questão de querer, não dependia do meu desejo. O certo é que ela gostava de me surpreender. Como no dia em que surgiu apenas através de reflexos da sua imagem nos vidros e espelhos das vitrines de uma loja. Ou quando se revelou uma incrível dançarina, se mexendo com enorme graça e energia, na pista da discoteca, disfarçada com uma incrível peruca colorida e com o rosto semicoberto por um leque com borboletas bordadas. Ou no primeiro dia em que diminuiu de tamanho e, como se fosse a fada Sininho, sentou-se em cima do espelho do banheiro, olhando enquanto me barbeava.

Naquela época, a sua imagem já era bem nítida, quase real. Não nos falávamos, mas seus olhos pequenos dispensavam palavras, no olhar conselheiro e amigo. Aprovava minhas escolhas nas lojas, em especial, as roupas, discos e livros. Apoiava minhas decisões mais difíceis, no trabalho, muitas vezes colocando apenas o rosto, no batente das portas, com um balançar assertivo da cabeça. Me acalmava, quando perdia a paciência, nas discussões com amigos. Me fazia rir, sempre na versão miniatura, de fada, quando tinha vontade de chorar, sozinho num canto.

Passou, enfim, a fazer parte da minha vida.

Um dia, me dei conta de que era uma mulher quem estava ali. Mais do que isto, de que era uma mulher bonita e fascinante. Já tinha desconfiado disso, na manhã em que surgiu andando à minha frente, quando fazia uma caminhada pela praia. Era um jeito de andar serelepe, espevitado, como se me sugerisse imitá-la. O que fiz de imediato, aumentando o ritmo das passadas, ampliando o movimento dos braços, e me divertindo com seu olhar risonho, quando se virava para trás, para conferir se estava mesmo conseguindo acompanhar os seus passos. E não pude deixar de reparar o reflexo dourado do sol nos cabelos, e na sua pele clara e delicada.

A descoberta total, emocionante, da sua feminilidade, aconteceu logo depois. Um sábado, estava tomando uma taça de vinho, no bar de um shopping, quando a vi na floricultura, bem em frente a onde me sentara. Estava com um vestido leve, curto, de alças, num tom entre o fúcsia e o rosa e observava, atenta, alguns vasos de flores junto a vitrine. Os cabelos estavam molhados, como se acabado de sair do banho e, acho, não tinha consciência da suave sensualidade dos seus gestos. Pareceu surpresa quando nossos olhares se encontraram, mas deixou que permanecessem fixos, um no outro, por um bom tempo. A sensação que tive foi a de que meus olhos haviam incorporado uma lente zoom, que lentamente me aproximou dos seus olhos, cada vez mais perto, mais reais, mais brilhantes, mais desejáveis. A emoção foi tomando conta de mim à medida que isto acontecia e era algo que nunca havia sentido antes: uma sensação de calor, uma vontade de chorar de alegria, uma saudade, o impulso de gritar.

De repente, ela nota a presença de um senhor circunspecto no corredor, que acompanhava, atento, a maneira apaixonada como nós dois nos olhávamos. Surpreendida por aquela indiscrição, ela baixou o rosto como se estivesse envergonhada, e saiu da loja, em direção à saída. Ainda esbocei um movimento de ir atrás dela, mas logo vi que era inútil. Desaparecera na multidão.

Entrei na loja para ver o que ela olhava com tanta atenção. Eram lindas, as flores, todas do mesmo tipo, mas com diferentes cores e combinações. Perguntei ao vendedor que flores eram aquelas.
– Amor-perfeito!!

Não pude deixar de sorrir com a ironia.

Ela, a partir dali, ficou muito tempo sumida. Eu, triste, distraído, nostálgico, sentia-me muito estranho sem a sua companhia cotidiana. Passei a sonhar com o pressentimento da sua presença, com a força daquele seu derradeiro olhar. Era como se ela estivesse dentro das minhas pálpebras e aquele fosse o único lugar onde poderia encontrá-la. Passava horas e horas com os olhos fechados por causa disso. Sonhava também com a sua voz, que nunca havia ouvido, imaginando um *blues*, sentido, lento, sensual. Estava apaixonado. Estava finalmente apaixonado. Pela primeira vez, sabia que era pra valer. Tinha certeza absoluta.

Procurei-a por toda a cidade, ansioso, acho até que meio desesperado. Procurei por ela no *pub* , nos espelhos da academia de ginástica, no café do bairro, no salão de convenções do hotel de luxo, no restaurante em frente à praia, no reflexo da lua, nas cabines de prova das lojas, nas ciclovias, nos corredores dos escritórios. Nada.

Na verdade, ela voltou a aparecer, algumas semanas mais tarde, quando essa sua ausência havia ficado insuportável e minha vida perdido inteiramente a graça. De uma maneira radical, diga-se de passagem. Um belo dia, foi minha irmã, que começou, passo a passo, a se transformar nela. Inicialmente, os olhos, alguns detalhes do rosto, o jeito de sorrir. Depois as mãos, os ombros eretos, os braços delgados, a maneira de andar. Era ela, que ressurgia, por inteiro, irradiando sua beleza tímida e delicada. Quase na mesma época, foi minha estagiária. Também ela mudou suas feições, seu corpo, sua *gestalt*, sua pessoa. Era uma segunda duplicata do objeto raro e maravilhoso da minha paixão. Logo em seguida, foi a vez das amigas mais próximas, que, uma a uma, foram ficando iguais, belas, sedutoras, irresistíveis. Até que, pouco a pouco, todas as mulheres assumiram aquela mesma face, aquele mesmo corpo. Só as distinguia pela voz e pelos assuntos. Nunca me confundi, não sei porque. Achava fácil identificar com quem eu estava falando a cada momento. Era uma espécie de jogo que aprendi a dominar.

No início, tinha achado aquilo bom. Afinal, podia agora revê-la a cada momento, falar com ela sobre qualquer assunto. Tinha como tocar o seu corpo, tinha até como beijá-la. Tinha, se quisesse, como amá-la sem pressa, com carinho e com paixão.

Mas era uma ilusão. Logo, logo, me dei conta de que não era ela de fato quem estava ali. Faltava o brilho do olhar, a maneira tímida de tombar a cabeça de lado, quando me via pela primeira vez a cada dia, como um cumprimento acolhedor de quem abre uma porta. Faltava a sua alma, talvez. E fiquei triste, desesperançado: achar o amor da minha vida e perdê-la no mesmo momento, como um feitiço, daqueles medievais, que requerem virtude, coragem e muita paciência para serem desfeitos. Mas não fiquei surpreso quando as mulheres passaram a se sentirem incomodadas pela maneira estranha como olhava pra elas, como se fossem outra pessoa.

Resolvi tirar uns dias de férias e viajar. Na realidade nunca comentara sobre minhas visões com ninguém e achei que o melhor era tentar esquecê-las. Afinal, poderiam ser fruto de uma combinação de stress com a famosa crise de meia-idade. Aluguei uma cabana num lugar bem sossegado na serra. Queria descansar, me isolar, e começar a escrever um romance que há anos estava na minha cabeça. Caminhava muito, descobrindo trilhas incríveis, encontrando riachos que não apareciam nos mapas. Escrevia um pouco, todas as manhãs, e me divertia na cozinha.

Numa dessas caminhadas, em um dia de domingo, dei de cara com um pequeno lago, escondido por enormes jequitibás que o cercavam. A clareira era tomada por amores-perfeitos, com as mesmas cores daqueles que vira na floricultura. Sentei-me numa pedra junto à água e fiquei ali ouvindo os cantos de pássaros que se mixavam aos ruídos da mata. De repente, vejo, na margem oposta, uma imagem refletida na água. Seus olhos se encontraram com os meus, com a mesma intensidade e emoção daquela tarde no shopping. Não quis levantar o olhar daquela visão, com receio daquilo ser apenas um devaneio nostálgico, que se esvaneceria ao tentar ver a origem do reflexo.

– Amo este recanto. É meu refúgio predileto, sabia? Esta paz, esta água transparente... E a-do-ro amor-perfeito.

A voz era alegre, clara, mas também um tanto grave, gutural, sensual. Talvez uma voz de contralto, pensei. Um timbre de voz melodioso, que nunca tinha ouvido. Tomei coragem e olhei diretamente para quem falava comigo.

Era ela, tive certeza imediatamente. Além do brilho no olhar, a mesma maneira tímida de tombar a cabeça de lado, a mesma energia, a mesma atração, a mesma sintonia. Um arrepio me sacudiu todo o corpo enquanto caminhávamos na direção um do outro, em volta ao lago.

Constatei meu coração disparando, ao percebê-la cada vez mais próxima. Senti o calor da sua pele macia e cheirosa, quando nos abraçamos, finalmente, pela primeira vez. Adorei sua voz *blues* murmurando seguidamente "meu amor". Vivi, junto com ela, uma intensa, incontrolável emoção, quando nossos lábios se tocaram e nossos corpos passaram a ser um só, em algum ponto do espaço. Ouvi, como ela ouviu, aquele som vindo dos céus, doce, nítido, singelo. O som de mantras, que ecoavam, que repetiam, infinitamente, apenas palavras de amor.